地平线，遥远的地平线

肖复兴/著

名家散文
青春版

肖复兴经典散文

扫码免费听本书

山东文艺出版社

图书在版编目（CIP）数据

地平线，遥远的地平线／肖复兴著 . —济南：山东文艺出版社，2024.1
　　ISBN 978-7-5329-7014-8

Ⅰ.①地… Ⅱ.①肖… Ⅲ.①散文集—中国—当代 Ⅳ.①I267

中国国家版本馆 CIP 数据核字（2023）第 210068 号

地平线，遥远的地平线
DIPINGXIAN，YAOYUAN DE DIPINGXIAN

肖复兴　著

主管单位	山东出版传媒股份有限公司
出版发行	山东文艺出版社
社　　址	山东省济南市英雄山路 189 号
邮　　编	250002
网　　址	www.sdwypress.com

读者服务 0531-82098776（总编室）
　　　　　　0531-82098775（市场营销部）
电子邮箱 sdwy@sdpress.com.cn

印　刷	山东新华印务有限公司
开　本	710 毫米 × 1000 毫米　1/16
印　张	15
字　数	189 千
版　次	2024 年 1 月第 1 版
印　次	2024 年 1 月第 1 次印刷
书　号	ISBN 978-7-5329-7014-8
定　价	35.00 元

版权专有，侵权必究。如有图书质量问题，请与出版社联系调换。

目 录

第一单元　精读美文

003/ 荔　枝

006/ 向往奥运

009/ 那片绿绿的爬山虎

012/ 拥你入睡

015/ 孤独的普希金

018/ 寻找贝多芬

022/ 花边饺

025/ 小溪巴赫

028/ 阳光的三种用法

031/ 母亲（节选）

第二单元　泛读美文

一　记不住的日子

042/ 一片幽情冷处浓

046/ 年轻时去远方漂泊

049/ 不要在地铁里睡觉

053/ 藤萝架下

056/ 总有一些瞬间温暖远去的曾经

060/ 记不住的日子

063/ 父亲的虚荣

066/ 颠簸的记忆

072/ 平安报与故人知

076/ 地平线，遥远的地平线

080/ 胡同的声音

二　书的作用力

094/ 从写好一句话开始

102/ 童年是梦幻的写意

106/ 少读唐诗

111/ 罗曼·罗兰帮我去腥

115/ 大自然的情感

119/ 第一本书的作用力

124/ 读书破万卷质疑

128/ 借书奇遇记

132/ 正欲清谈逢客至

136/ 夏日读放翁

三 冬果两食

142/ 栗香菊影慰乡愁

146/ 过年五吃

150/ 苍蝇馆子和洗脚泡菜

154/ 白雪红炉烀白薯

158/ 饺子帖

164/ 太阳味道的西红柿

167/ 冬果两食

172/ 大白菜赋

178/ 绉纱馄饨

181/ 翻毛月饼

184/ 喝得很慢的土豆汤

四　杜鹃，杜鹃

190/ 到扬美古镇有多远

196/ 无锡记忆

203/ 在历下古城穿街走巷

208/ 芝加哥奇遇

211/ 机场的拥抱

214/ 杜鹃，杜鹃

217/ 布拉格的咖啡馆

221/ 竹枝词里的大明湖

225/ 细雨台儿庄

228/ 前门看水

第一单元 精读美文

荔　枝

　　我第一次吃荔枝，是 28 岁的时候。那时，我刚从北大荒回到北京，家中只有孤零零的老母。站在荔枝摊前，脚挪不动步。那时，北京很少见到这种南国水果，时令一过，不消几日，再想买就买不到了。想想活到 28 岁，居然没有尝过荔枝的滋味，再想想母亲快 70 岁的人了，也从来没有吃过荔枝呢！虽然一斤要好几元，挺贵的，咬咬牙，还是掏出钱买上一斤。那时，我刚在郊区谋上中学老师的职，衣袋里正有当月四十二块半的工资，硬邦邦的，让我鼓起几分胆气。我想让母亲尝尝鲜，她一定会高兴的。

　　回到家，还没容我从书包里掏出荔枝，母亲先端出一盘沙果。这是一种比海棠果大不了多少的小果子，居然每个都长着疤，有的还烂了皮，只是让母亲一一剜去了疤，洗得干干净净。每个沙果都显得晶光透亮，沾着晶莹的水珠，果皮上红的纹络显得格外清晰。不知老人家洗了几遍才洗成这般模样。我知道这一定是母亲买的处理水果，每斤顶多 5 分或者 1 角。居家过日子，老人就这样一辈子过来了。不知怎么搞的，我一时竟不敢掏出荔枝，生怕母亲骂我大手大脚，毕竟这是那一年里我买的最昂贵的东西了。

我拿了一个沙果塞进嘴里，连声说真好吃，又明知故问多少钱一斤，然后不住口说真便宜——其实，母亲知道那是我在安慰她而已，但这样的把戏每次依然让她高兴。趁着她高兴的劲儿，我掏出荔枝："妈！今儿我也给您买了好东西。"母亲一见荔枝，脸立刻沉了下来："你财主了怎么着？这么贵的东西，你……"我打断母亲的话："这么贵的东西，不兴咱们尝尝鲜！"母亲扑哧一声笑了，筋脉突兀的手不停地抚摸着荔枝，然后用小拇指甲盖划破荔枝皮，小心翼翼地剥开皮又不让皮掉下。她手心托着荔枝，像是托着一只刚刚啄破蛋壳的小鸡，那样爱怜地望着舍不得吞下，嘴里不住地对我说："你说它是怎么长的？怎么红皮里就长着这么白的肉？"毕竟是第一次吃，毕竟是好吃！母亲竟像孩子一样高兴。

那一晚，正巧有位老师带着几个学生突然到我家做客，望着桌上这两盘水果有些奇怪。也是，一盘沙果伤痕累累，一盘荔枝玲珑剔透，对比过于鲜明。说实话，自尊心与虚荣心齐头并进，我觉得自己仿佛是那盘丑小鸭般的沙果，真恨不得变戏法一样把它一下子变走。母亲端上茶来，笑吟吟顺手把沙果端走，那般不经意，然后回过头对客人说："快尝尝荔枝吧！"说得那般自然、妥帖。

母亲很喜欢吃荔枝，但是她舍不得吃，每次都把大个的荔枝给我吃。以后每年的夏天，不管荔枝多贵，我总要买上一两斤，让母亲尝尝鲜。吃荔枝成了我家一年一度的保留节目，一直延续到三年前母亲去世。

母亲去世前是夏天，正赶上荔枝刚上市。我买了好多新鲜的荔枝，皮薄核小，鲜红的皮一剥掉，白中泛青的肉蒙着一层细细的水珠，仿佛跑了多远的路，累得张着一张张汗津津的小脸。是啊，它们整整跑了一年的长路，才又和我们阔别重逢。我感到慰藉的是，母亲临终前一天还吃到了水灵灵的荔枝，我一直认为是天命，是对母亲善良忠厚一生的报偿。如果荔枝晚几天上市，我迟几天才买，那该是何等的遗憾，会让我产生多少无法弥补的痛楚。

其实，我错了。自从家里添了小孙子，母亲便把原来给儿子的爱分给孙子一部分。我忽略了身旁小馋猫的存在，他再不用熬到 28 岁才能尝到荔枝，他还不懂得什么叫珍贵，什么叫舍不得，只知道想吃便张开嘴巴。母亲去世很久，我才知道母亲临终前一直舍不得吃一颗荔枝，都给她心爱的太馋嘴的小孙子吃了。

而今，荔枝依旧年年红。

1991 年 1 月于北京

向往奥运

2001年7月13日,对于中国,对于北京,真是个难忘的日子。前两天,就有记者问我:"如果到时在莫斯科的投票我们胜出了,终于获得了2008年奥运会的主办权,你的心情会怎样?"我说我当然会很高兴,很激动。今天好梦成真,我真的很高兴,很激动。其中的原因,除了我和大家的共同情感之外,还有一点,就是我当过整整十年的体育记者,我曾经采访过1992年巴塞罗那奥运会,和体育,和奥运会有着一份特殊的感情。我亲身体味到,一个国家,一座城市,能够举办一次奥运会,该是一件多么了不起的事情。

我很难忘记巴塞罗那奥运会结束的那一天的夜晚,走出蒙锥克体育场,沿蜿蜒山路下山,来到蒙锥克山脚那巨大的喷水池旁,看水花四溅,飞扬起冲天的水柱,在夜灯映照中流光溢彩。我猛然听到随水柱飞扬起奥运会嘹亮的会歌旋律,真是感动不已,忽然觉得那一瞬间旋律如水般清澈圣洁,沁透心脾。我知道那是只有体育才迸发的旋律,是体育才具有的魅力,是体育才能给予我的情感。我发现几乎所有的人都和我一样,在那飞迸的泉水和旋律面前停住了脚步,禁不住抬起头来望着那透明的水柱和星光灿烂的夜空。我的心中产生一种从来没有过的感觉：一个国家、一座城市能够举办一次奥运会，会使得这个国家、这座城市和这里的人民变得多么美好。那一刻你就会明白，体育不仅仅是体育，它以自身特殊的魅力影响着一切。

人们常说竞技体育是一种艺术。竞技体育，确实含有艺术的成分，比如它的力与美，速度和造型。体育和艺术表演的最大区别之一，在于体育比赛的紧张、激烈。当然，艺术也有比赛，比如歌咏比赛、舞蹈比赛、钢琴比赛，但艺术的比赛是无法同体育比赛等量齐观的，只有"锱铢必较"的体育比赛，在零点零几秒和零点零几厘米中决胜负，才具有难得的公正性、公开性、公平性和客观性。竞技体育是面对世界所存在的种种强权、种族歧视和金钱掩盖下的不公平的一种抗争，一种理想。

能够置身奥运会中，能够亲自采访奥运会，确实是一种难忘而美好的经历。在电视里看到萨马兰奇宣布2008年奥运会的举办城市是北京的时候，心底里蓦地涌出一种渴望能够有机会采访我们自己的国家举办的奥运会，那将是一次更加难忘而美好的经历。从巴塞罗那回来，我写了一本小书《巴塞罗那之夏》。在熟悉的北京采访自己举办的奥运会，我想会带给我不一样的激情和灵感，让我写出一点新的东西。我突然涌出这样强烈的渴望，这是很少出现过的。

这时，我想起了曾经采访过的瓦尔德内尔和刘国梁，邓亚萍和乔静和，李宁和李小双，高敏和伏明霞，栾菊杰和肖爱华，还有我国男子花剑客叶冲、董兆致、王海滨，当然，还有我们的女足和女垒的姑娘们，还有布勃卡、德弗斯、刘易斯、埃尔斯、索托马约尔、奥帝、基普凯特、莫塞利……我怀念采访他们的那些日子，他们让我感到了青春，感到了力量，感到了友谊，感到了和平。我知道2008年北京奥运会到来的时候，他们和我一样都老了，但我仍然渴望着在采访新一代年轻的运动员的同时和他们相逢。我们会一起看到青春的循环连接着奥运的五环，让这个已经越发苍老的地球迸发着勃勃的朝气。在那一刻，体育所迸发的奥林匹克精神，确实在超越着不同的国家、不同的民族、不同的肤色而连接着世界和平、友谊、进步和发展。

记得很清楚，在巴塞罗那奥运会结束的第二天上午，我特意又上了一趟蒙锥克山，专门去看看体育场，看看曾经举行奥运会开幕式、闭幕式和许多次比赛的体育场。除了正在拆除看台上为奥运会搭设的一些脚手架的工人之外，场内空荡荡的，只有我一个游人和热辣辣的阳光以及一片绿草坪。那时，我们正在积极申请举办2000年奥运会，站在那里我就在想：快了，快到我们国家也能够举办这样一次美好奥运会的时候了。

这一天终于来到了。

那片绿绿的爬山虎

1963年，我上初三，写了一篇作文叫《一张画像》，是写教我平面几何的一位老师。他教课很有趣，为人也很有趣，致使这篇作文写得也自以为很有趣。经我的语文老师推荐，这篇作文竟在北京市少年儿童征文比赛中获奖。当然，我挺高兴。一天，语文老师拿来厚厚一个大本子对我说："你的作文要印成书了，你知道是谁替你修改的吗？"我睁大眼睛，有些莫名其妙。"是叶圣陶先生！"老师将那大本子递给我，又说："你看看叶先生修改得多么仔细，你可以从中学到不少东西！"

我打开本子一看，里面有这次征文比赛获奖的20篇作文。我翻到我的那篇作文，一下子愣住了：首先映入眼帘的是红色的修改符号和改动后增添的小字，密密麻麻，几页纸上到处是红色的圈、钩或直线、曲线。那篇作文简直像是动过大手术鲜血淋漓又绑上绷带的人一样。回到家，我仔细看了几遍叶老先生对我作文的修改。题目《一张画像》改成《一幅画像》，我立刻感到用字的准确性。类似这样的修改很多，长句子断成短句的地方也不少。有一处，我记得十分清楚："怎么你把包《几何》课本的书皮去掉了呢？"叶老先生改成："怎么你把《几何》课本的包书纸去掉了呢?"删掉原句中"包"这个动词,使句子干净了也规范了。而"书皮"改成了"包书纸"更确切,因为书皮可以认为是书的封面。我真的从中受益匪浅,隔岸观火和身临其境毕竟不一样。这不仅使我看到自己作文的种种毛病,也使我认识到文学事业的艰巨:不下大力气,不一丝不苟,是难成大气候的。我虽然未见叶老先生的面,却从他的批改中感受到他的认真、平和以及温暖,如春风拂面。

叶老先生在我的作文后面写了一则简短的评语:"这一篇作文写的全是具体事实,从具体事实中透露出对王老师的敬爱。肖复兴同学如果没有在这几件有关画画的事上深受感动,就不能写得这样亲切自然。"这则短短的评语,树立起我写作的信心。那时我才15岁,一个毛头小孩,居然能得到一位蜚声国内外文坛的大文学家的指点和鼓励,内心的激动可想而知,涨涌起的信心和幻想,像飞出的一只鸟儿抖着翅膀。那是只有那种年龄的孩子才会拥有的心思。

这一年暑假,语文老师找到我,说:"叶圣陶先生要请你到他家做客!"

我感到意外。像叶圣陶先生这样的大作家,居然要见见一个初中学生,我自然当成人生中的一件大事。

那天,天气很好。下午,我来到东四北大街一条并不宽敞却很安静的胡同。叶老先生的孙女叶小沫在门口迎接了我。院子是典型的四合院,敞亮而典雅。刚进里院,一墙绿葱葱的爬山虎扑入眼帘,使得夏日的燥热一下子减少了许多。阳光都变成绿色的,像温柔的小精灵一样在上面跳跃着,闪烁着迷离的光点。

叶小沫引我到客厅,叶老先生已在门口等候。见了我,他像会见大人一样同我握了握手,一下子让我觉得距离缩短不少。落座之后,他用浓重的苏州口音问了问我的年龄,笑着讲了句:"你和小沫同龄呀！"那样随便、和蔼，作家头顶上神秘的光环消失了，我的拘束感也消失了。越是大作家越平易近人，原来他就如一位平常的老爷爷一样让人感到亲切。

想来有趣，那一下午，叶老先生没谈我那篇获奖的作文，也没谈写作。他没有向我传授什么文学创作的秘诀、要素或指南之类。相反，他几次问我各科学习成绩怎么样。我说我连续几年获得优良奖章，文科理科学习成绩都还不错。他说道："这样好！爱好文学的人不要只读文科的书，一定要多读各科的书。"他又让我背背中国历史朝代，我没有背全，有的朝代顺序还背颠倒了。他又说："我们中国人一定要搞清楚自己的历史，搞文学的人不搞清楚我们的历史更不行。"我知道这是对我的批评，也是对我的期望。

我们的交谈很融洽，仿佛我不是小孩，而是大人，他的一个老朋友。他亲切之中蕴含的认真，质朴之中包容的期待，把我小小的心融化了，以致不知黄昏什么时候到来，落日的余晖悄悄染红窗棂。我一眼又望见院里那一墙的爬山虎，黄昏中绿得沉郁，如同一片浓浓湖水，映在客厅的玻璃窗上，不停地摇曳着，显得虎虎有生气。那时候，我刚刚读过叶老先生写的一篇散文《爬山虎》，便问："那篇《爬山虎》是不是就写的它们呀？"他笑着点点头："是的，那是前几年写的呢！"说着，他眯起眼睛又望望窗外那爬山虎。我不知那一刻老先生想起的是什么。

我应该庆幸，有生以来第一次见到作家，竟是这样一位大作家，一位人品与作品都堪称楷模的大作家。他对一个孩子平等真诚又宽厚期待的谈话，让我15岁那个夏天富有生命和活力，仿佛那个夏天变长了。我好像知道了或者模模糊糊懂得了：作家就是这样做的，作家的作品就是这么写的。同时，在我的眼前，那片爬山虎总是那么绿着。

1991年11月于北京

拥你入睡

儿子上初一以后，忽然一下子长大了。换内裤，要躲在被子里换；洗澡，再也不用妈妈帮助洗，连我帮他搓搓后背都不用了。

我知道，儿子长大了，像日子一样无可奈何地长大了。原来拥有的天然的肌肤之亲和无所顾忌的亲昵，都被儿子这长大拉开了距离，变得有些羞涩了。任何事物都有一些失去，才有一些得到吧？

有一天下午，儿子复习功课累了，躺在我的床上看电视。他实在是太累，刚看了一会儿眼皮就打架了。他忽然翻了一个身，倚在我的怀里，让我搂着他睡上一觉，迷迷糊糊中嘱咐我一句："一小时后叫我，我还得复习呢！"

我有些受宠若惊。许久，许久，儿子没有这种亲昵的动作了。以前，就是一早睡醒了，他还要光着小屁股钻进你的被窝里，和你腻乎腻乎。现在，让你搂着他像搂着只小猫一样入睡，简直是天方夜谭了。

莫非懵懵懂懂中，睡意蒙眬中，儿子一下失去了现实，跌进了逝去的童年，记忆深处掀起了清新动人的一角？让他情不自禁地拾蘑菇一样拾起他现在并不想拒绝的往日温馨？

儿子确实像小猫一样睡在我的怀里。均匀的呼吸，使胸脯和鼻翼轻轻起伏着,像春天小河里升起又降落的暖洋洋的气泡。

我想起他小时候,妈妈上班,家又拥挤,他在一边玩,我在一边写东西,玩着玩腻了,他要喊:"爸爸,你什么时候写完呀?陪我玩玩不行吗?"我说:"快啦!快啦!"却永远快不了,心和笔被拽走得远远的。他等不及了,就跑过来跳进我的怀里,用带有几分央求的口吻说:"爸爸!我不捣乱,我就坐这儿,看你写行吗?"我怎么能说不行?已经把儿子孤零零地抛到一边寂寞了那么长时间!我搂着他,腾出一只手接着写。

那时候,好多东西都是这样搂着儿子写出来的。他给我安详,给我亲情,给我灵感。他一点也不闹,一句话也不讲,就那么安安静静倚在我的怀里,像落在我身上的一只小鸟,看我写,仿佛看懂了我写的那些或哭或笑或哭笑交加的故事。其实,那时他认识不了几个字。有好几次,他倚在我的怀里睡着了,睡得那么香那么甜,我都没有发现……

以后我常常想起那段艰辛却温馨的写作日子,想起儿子倚在我怀中小鸟一样静谧睡着的情景。我觉得我写的那些东西里有儿子的影子、呼吸,甚至睡着之后做的那些个灿若星花的梦境……

儿子长大了。纵使我又写了很多比那时要好的故事,却再也寻不回那时的感觉、那一份梦境。因为儿子再不会像鸟儿一样蹦上你的枝头,那么纯真天籁般倚在你的怀里睡着了。

如今,儿子居然缩小了一圈,岁月居然回溯几年。他倚在我的怀里睡得那么香甜、恬静。我的胳膊被他枕麻了,我不敢动,我怕弄醒他,我知道这样的机会不会很多,甚至不会再有,我要珍惜。我格外小心翼翼地拥着他,像拥着一支又轻又软又薄又透明的羽毛,生怕稍稍一失手,羽毛就会袅袅飞去……

并不是我太娇贵儿子,实在是他不会轻易地让你拥他入睡。他已经长大，嘴唇上方已经展起一层细细的绒毛，喉结也已经像要啄破壳的小鸟一样在蠕动。用不了多久，他会长得比我还要高，这张床将伸不开他的四肢……

蓦地，我忽然想起儿子小时候曾经抄过的诗人傅天琳的一首诗，其中有这样几句：

你在梦中呼唤我呼唤我
孩子你是要我和你一起到公园去
我守候你从滑梯一次次摔下
一次次摔下你一次次长高

如果有一天你梦中不再呼唤妈妈
而呼唤一个陌生的年轻的名字
那是妈妈的期待妈妈的期待
妈妈的期待是惊喜和忧伤

我禁不住望望儿子，他睡得那么沉稳，没有梦话，我不知他此刻在睡梦中是不是在呼唤着我，我却知道会有这么一天，拥他入睡的再不是我，而在他的睡梦中更会"呼唤一个陌生的年轻的名字"。亲爱的儿子，那将如诗人所写的，是爸爸的期待，爸爸的期待是惊喜又是忧伤。哦，我亲爱的儿子，你懂吗？此刻的睡梦中，你梦见爸爸这一份温馨而矛盾的心思了吗？……

一个小时过去了，我没有舍得叫醒儿子。

1992年暑假于北京

孤独的普希金

来上海许多次,没有去岳阳路看过一次普希金的铜像。忙或懒,都是托词,只能说对普希金缺乏虔诚。似乎对比南京路、淮海路,这里可去可不去。这次来上海,住在复兴中路,与岳阳路只一步之遥。推窗望去,普希金的铜像尽收眼底。大概是缘分,非让我在这个美好而难忘的季节与普希金相逢,心中便涌出普希金许多明丽的诗句,春水一般荡漾。

其实,大多上海人对他冷漠得很,匆匆忙忙从他身旁川流不息地上班、下班,看都不看他一眼,好像他不过是没有生命的雕像,身旁的水泥电杆一样。提起他来,绝不会有决斗的刺激,甚至说不出他哪怕一句短短的诗。

普希金离人们太遥远了。于是,人们绕过他,到前面不远的静安寺买时髦的衣装,到旁边的教育会堂舞厅跳舞,到身后的水果摊、酒吧间捧几只时令水果或高脚酒杯。

当晚,我和朋友去拜谒普希金。天气很好,4月底的上海不冷不燥,夜风吹送着温馨。铜像四周竟然杳无一人,散步的、谈情说爱的,都不愿到这里来。月光如水,清冷地洒在普希金的头顶。由于石砌的底座过高，普希金的头像显得有些小而看不清楚。我想更不会有痴情又耐心的人抬酸了脖颈，如我们一样仰视普希金那一双忧郁的眼睛了。

教育会堂舞厅中正音乐四起，爵士鼓、打击乐响得惊心动魄。红男绿女出出进进，缠绵得像糖稀软成一团，偏偏没有人向普希金瞥一眼。

我很替普希金难过。我想起曾经去过的莫斯科阿尔巴特街的普希金故居。在普希金广场的普希金铜像旁，即便是飘飞着雪花或细雨的日子里，那里也会有人凭吊。那一年我去时正淅淅沥沥下着霏霏雨丝，故居前，铜像下，依然摆满鲜花，花朵上沾满雨珠，宛若凄清的泪水，甚至有人在悄悄背诵着普希金的诗句，那诗句便也如同沾上雨珠无比温馨湿润，让人沉浸在一种远比现实美好的诗的意境之中。

而这一个夜晚，没有雨丝、没有鲜花，普希金铜像下，只有我和朋友两人。普希金只属于我们。

第二天白天，我特意注意这里，除了几位老人打拳，几个小孩玩耍，没有人注意普希金。铜像孤零零地站在格外灿烂的阳光下。

朋友告诉我，这尊塑像已是第三次塑造了。第一尊毁于日本侵略者的战火中，第二尊毁于我们自己的手中。莫斯科的普希金青铜像屹立在那里半个多世纪安然无恙，我们的普希金铜像却在短时间之内连遭两次劫难。

在普希金铜像附近住着一位现今仍在世的老翻译家，一辈子专事翻译普希金、莱蒙托夫的诗作。在"文革"中目睹普希金的铜像是如何被绳子拉倒，内心的震动不亚于一场地震。曾有人劝他搬家，避免触目伤怀，老人却一直坚持住在普希金的身旁，相看两不厌，度过他的残烛晚年。

老翻译家或许能给这尊孤独的普希金些许安慰？许多人淡忘了许

多往事，忘记当初是如何用自己的手将美好的事物毁坏掉，当然便不会珍惜美好的失而复得的事物。年轻人早把那些悲惨的历史当成金庸或琼瑶的故事书，怎么会涌动老翻译家那般刻骨铭心的思绪？据说残酷的沙皇读了普希金的诗还曾讲过这样的话："谢谢普希金，为了他的诗感发善良的感情！"而我们却不容忍普希金，不是把他推倒，便是把他孤零零地抛在寂寞的街头。

有几人能如老翻译家那样理解普希金呢？过去只成了一页轻轻揭去的日历，眼前难以抵挡春日的诱惑，谁还愿意在凛冽风雪中去洗涤自己的灵魂呢？

离开上海的那天上午，我邀上朋友再一次来到普希金的铜像旁。阳光很好，碎金子一般缀满普希金的脸庞。真好，这一次普希金不再孤独，身旁的石凳上正坐着一个外乡人。我为遇到知音而兴奋，跑过去一看，失望透顶。他手中拿着一个微型计算机正在算账，孜孜矻矻，很投入。大概是在大上海疯狂采购后有些入不敷出，他的额头渗出细细的汗珠。我们又来到普希金像的正面，心一下子被猫咬一般难受。石座底部刻有"普希金（1799～1837）"字样中，偏偏"金"字被黄粉笔涂满。莫非只识得普希金中的"金"字吗？

我们静静地坐在普希金旁的石凳上，什么话也说不出来。阳光和微风在无声流泻。我们望着普希金，普希金望着我们。

寻找贝多芬

有一段时间,我突然不喜欢贝多芬,而把兴趣转向勃拉姆斯和德彪西。我觉得世上将贝多芬那"命运的敲门声"过分夸张,几乎无所不在,不仅在文学作品中屡见不鲜,以此为主人公命运的点缀,就连詹姆斯·拉斯特和保罗·莫里亚的现代轻音乐队,也可以肆意演奏他的《命运》,强烈的打击乐莫非也能发出"命运的敲门声"吗?这很像那一阵子将莎士比亚的《奥赛罗》改成我们的京戏,让人啼笑皆非。过分夸张,可以成为漫画式的艺术,但那已经绝不再是贝多芬。而天天、处处听那"命运的敲门声",也实在让人受不了。贝多芬既非指明灯那样的思想家,也不能通俗得如同敲打不停的爵士鼓。

其实,那一段时间,我如一些浅薄的人一样,对贝多芬所知甚少。除《命运》《英雄》之外,他还有着浩瀚的音乐世界。

一个闷热不雨的夏天,我忽然听到美国著名小提琴家亚沙·海菲兹演奏的小提琴。那乐曲荡气回肠,一下子把我带入另一番神清气爽的境界。尤其是乐曲的第二乐章,柔美抒情中带着绵绵无尽的沉思,那音乐主题由小提琴带动不同乐器反复演奏,真让人感到面前有一幅动情的画在徐徐展开,呈现出层次丰富而色彩纷呈的画面,那乐曲让我深深感受到天是那样蓝,海是那样纯,周围的夜是那样明亮、深邃、清凉一片而沁人心脾……

后来,我知道,这同样是贝多芬的乐曲:《D大调小提琴协奏曲》。

贝多芬原来也还有这样近乎缠绵而美妙动情的旋律。我也知道,正是创作这支协奏曲那一年,贝多芬与匈牙利的伯爵小姐苔莱丝·勃朗斯威克订婚了。他将他的爱情心曲融进那七彩音符中。

贝多芬不是完人,却是一位巨人。当我更多地接触了一些他的音乐作品,才深感自己是面对一座高山一片森林,原来却以一石一叶而障目,自己远远没有接近这座山这片森林。贝多芬并不是夏日流行的西红柿和冬天储存的大白菜,可以俯拾皆是。他不能处处时时为你敲门,也不会恋人般无所不在地等候与你相逢。他需要寻找,用心碰他的心。

春天,我从海涅的故乡杜塞尔多夫出发,到科隆,然后来到波恩。我是专门来找贝多芬的。在这座城市波恩小巷20号的二层小楼上,1770年12月16日,这位音乐巨匠诞生了。

那一天到达波恩已是黄昏,天在下着蒙蒙细雨,沾衣欲湿,如丝似缕。踏上通往波恩小巷的碎石小道,我心里很为曾经对贝多芬的亵渎而惭愧。对一个人的了解是世上最难的事。对音乐的认识,我还真是处于识简谱阶段。此番波恩之行,算是对贝多芬的真诚致歉。

当我不止一次听贝多芬《月光奏鸣曲》和《D大调小提琴协奏曲》,每一次都为他的深情感动。贝多芬在作了这首小提琴协奏曲四年之后,他与苔莱丝小姐的婚事未成,命运再一次打击了他,但他依然源源不断地创作出《热情》《田园》那样美妙动人的乐章。我相信这是那矢志不渝的爱的结晶。要不为什么在十年后,贝多芬提起苔莱丝仍然说:"一想到她,我的心就跳得像初次见到她时那样剧烈!"而且写下那一往情深的《致远方的爱人》。

不管别人如何理解贝多芬,我心目中的贝多芬的外表,绝不像街头批量生产的那种贝多芬石膏头像,也不是被人们形容成"狮子似的鼻尖和骇人的鼻孔"的李尔王式的悲剧人物。我懂得,他所经历的痛苦比我们一般人多得多,但他绝不仅仅是一个天天咬着嘴角、皱着眉头、忧郁而愤恨的人。正由于他对痛苦的经历比我们多,他对爱欲、欢乐、渴望的认识才比我们更为深刻,更为刻骨铭心。他不是那种描绘性的作曲家,而是用自己的深情、自己的心和灵魂进行创作的音乐家。我想,正因为这样,在他最后创作的《第九交响曲》中,既有庄严的第一乐章的快板,也有如歌的第三乐章的慢板,更有第四乐章那浑然一体高亢而情深的《欢乐颂》。听这样的音乐实在是灵魂的颤动,是心与心的碰撞,是感情世界的宣泄,是人与宇宙融为一体的升华。

雨丝飘飘洒洒,似乎也沾染上了贝多芬动人的旋律。暮色中的波恩笼罩着几分伤感的情调。小巷不长,很快便到了一座并不高的小楼前:淡藕荷色的墙,苹果绿的窗,翡翠绿的门,门楣上雕刻着橙黄色的花纹——均是新油饰而成。墙上排雨管边镶着一块木制门牌,阿拉伯数字"20"分外醒目。这便是贝多芬的故居?简陋而显得寒酸,如同他最后指挥《第九交响曲》一样,连一身黑色燕尾服都没有,只好穿件绿燕尾服将就。那门窗墙的颜色搭配得那么不协调,简直像是出自小学生之手,这未免太委屈了贝多芬。只有门前两个方形的小小的花坛中栽满红的黄的不知名的小花,在雨雾中含泪带啼般楚楚动人。

可惜,我来晚了,早过了参观时间,绿门已经紧闭。我无法亲眼看看贝多芬儿时睡过的床、弹过的琴,和他那些珍贵的手稿。我只有默默地仰望着二楼那扇小窗,幻想着这一刻贝多芬能够从中探出头来,向我挥一挥手;或者从那窗内飘出一缕琴声,伴随着他那一阵阵咳嗽声……

没有。什么也没有。只有雨还在如丝似缕地飘洒,只有门前的小花在晚风中悄悄细语。但我分明已经感受到了贝多芬本人的气息!我终于找到了他，虽未能认识他的全部，但毕竟结识了他！我的心头掠过一阵音乐声，是我自己谱就的，虽然不成体统，却是真诚的，从心底发出的。我相信它一定能长上翅膀，飞进小楼的窗中，飞进历史苍茫的岁月，飞到熟睡的贝多芬身旁……

街灯，在这一刹那全亮了。雨中朦朦胧胧的一片，像眨动着无数只小眼睛。哪一双眼睛是属于贝多芬的？

就在这 20 号门旁，是一家小商店。它的对面也是家商店，不远处可以看见有汉字招牌的中国餐馆。每一家都是灯火辉煌，正是生意兴隆时辰。唯独 20 号这幢楼暗暗的静静的，睡着了一样。

就这样默默地走了，真不甘心！一步一回头，总觉得那窗口、那门前、那花旁、那雨中，宽脑门的贝多芬会突然出现。那样的话，我敢说，所有那些商店餐馆里的人都会涌出，所有辉煌的灯光也会黯然失色。

走出小巷不远，是市政大厅前宽敞的广场。我真的看见了贝多芬，他穿着件破旧的大衣，手搭在胸前，双眼严峻却不失热情地望着我。那是屹立在那里的一座贝多芬雕像。在这里，即使没有雕像，贝多芬的影子也会处处闪现，他的音乐将日夜不息地流淌在波恩小巷，乃至整座城市上空，然后顺着莱茵河一直飘向远方。

广场旁传来一阵六弦琴声。那里，在一家商店的屋檐下，一位流浪歌手正在演奏。在杜塞尔多夫，在科隆，我都曾经见过他。他似乎只管耕耘，不问收获，每次不管听众有几个，也不管有没有人往他甩在地上的草帽里扔马克，他一样激情而忘我地演唱或演奏。这一天，同样没有几个人在听，他同样认真而情深意长地弹着他的六弦琴。

我听出来了，那是贝多芬的《致爱丽丝》。

1990 年 11 月 8 日

地平线，遥远的地平线

花边饺

小时候，包饺子是我家的一桩大事。那时候，家里生活拮据，吃饺子当然只能等到年节。平常的日子，破天荒包上一顿饺子，自然就成了全家的节日。这时候，妈妈威风凛凛，最为得意，一手和面，一手调馅，馅调得又香又绵，面和得软硬适度，最后盆手两净，不沾一星面粉。然后妈妈指挥爸爸、弟弟和我，看火的看火、擀皮的擀皮、送皮的送皮，颇似沙场点兵。

一般，妈妈总要包两种馅的饺子，一种肉一种素。这时候，圆圆的盖帘上分两头码上不同馅的饺子，像是两军对弈，隔着楚河汉界。我和弟弟常捣乱，把饺子弄混，但妈妈不生气，用手指捅捅我和弟弟的脑瓜说："来，妈教你们包花边饺！"我和弟弟好奇地看妈妈将包了的饺子沿儿用手轻轻一捏，捏出一圈穗状的花边，煞是好看，像小姑娘头上戴了一圈花环。我们却不知道妈妈耍了一个小小的花招，她把肉馅的饺子都捏上花边，让我和弟弟连吃带玩地吞进肚里，自己和爸爸却吃那些素馅的饺子。

那段艰苦的岁月，妈妈的花边饺，给了我们难忘的记忆。但是，这些记忆，都是到自己做了父亲的时候，才开始清晰起来，仿佛它一直沉睡着，必须让我们用经历把它唤醒。

自从我能写几本书以后，家里的经济状况好转，饺子不再那么神圣。想起那些个辛酸和我不懂事的日子，想起妈妈自父亲去世后独自一人艰难度日的情景，我想起码不能再让妈妈在吃的方面受委屈了。我曾拉妈妈到外面的餐馆开开洋荤，她连连摇头："妈老了，腿脚不利索，懒得下楼啦！"我曾在菜市场买来新鲜的鱼肉或时令蔬菜，回到家里自己做，妈妈并不那么爱吃，只是尝几口便放下筷子。我便笑妈妈："您呀，真是享不了福！"

后来，我明白了，尽管世上食品名目繁多，人的胃口花样翻新，妈妈雷打不动只爱吃饺子。那是她老人家几十年一贯历久常新的最佳食谱。我知道唯一的方法是常包饺子。每逢我买回肉馅，妈妈看出要包饺子了，立刻麻利地系上围裙，先去和面，再去调馅，绝对不让别人插手。那精气神，又像回到我们小时候。

那一年大年初二，全家又包饺子。我要给妈妈一个惊喜，因为这一天是她老人家的生日。我包了一个带糖馅的饺子，放进盖帘上一圈圈饺子之中，然后对妈妈说："今儿您要吃着这个带糖馅的饺子，您一准儿是大吉大利！"

妈妈连连摇头笑着说："这么一大堆饺子，我哪儿那么巧能有福气吃到？"说着，她亲自把饺子下进锅里。饺子如一尾尾小银鱼在翻滚的水花中上下翻腾，充满生趣。望着妈妈昏花的老眼，我看出来她是想吃到那个糖饺子呢！

热腾腾的饺子盛上盘，端上桌，我往妈妈的碟中先拨上三个饺子。第二个饺子妈妈就咬着了糖馅，惊喜地叫了起来："哟！我真的吃到了！"我说："要不怎么说您有福气呢？"妈妈的眼睛笑得眯成了一条缝。

其实，妈妈的眼睛实在是太昏花了。她不知道我要了一个小小的花招，用糖馅包了一个有记号的花边饺。

那曾是她老人家教我包过的花边饺。

1995 年 10 月 1 日

小溪巴赫

科学家爱因斯坦曾经说过："对于巴赫，只有聆听、演奏、热爱、尊敬，并且不说一句话。"巴赫确实太伟大了，太浩瀚了。他的音乐影响了三百年来人们的艺术世界，也影响了人们的精神世界，无以言说，难以描述。

巴赫（Bach），德文的意思是指小小溪水，涓涓细流却永不停止。似乎这个德文的原意一下子解开巴赫的一切，让我豁然开朗。

真正有价值的音乐，即使看来再弱小，只是潺潺的小溪，却是埋没不了的，而且不会因时间久远而苍老，相反却能常春常绿。

小溪，涓涓细流，就那样流着、流着，流淌了三百年，还在流着，这条小溪的生命力该有多么旺盛。在我们没有发现它的时候，其实它就是这样永不停止地流着，只不过那时被树荫掩映，被杂草遮挡，被乱石覆盖，或在那高高的山顶，我们暂时看不见它罢了。

大河可能会有一时的澎湃，浪涛卷起千堆雪。但大河也会有一时的冰封、断流，乃至干涸。小溪不会，小溪永远只是清清地、浅浅地流着，永远不会因为季节和外界的原因而冰封、断流、干涸。我们看不见它，并不是它不存在，而是因为我们眼睛的问题：近视、远视、弱视、色盲、白内障、失明，或只是俯视浪涛汹涌的大河，或只是愿意眺望飞流三千尺的瀑布，而根本没有注意到小溪的存在罢了。而小溪就在我们的身旁，很可能就在我们的脚下。它穿过碎石、草丛，隐没在丛林、山涧，行走在无人能到达、连鸟都飞不到的地方。

在险峻的悬崖上，它照样流淌；在偏僻的角落里，它照样流淌；在阳光、月光的照耀下，它照样流淌；在风霜雨雪的袭击下，它照样流淌……小溪的水流量不会恣肆狂放，激情万丈得让人震撼，但它给人的感动是持久的，不会一曝十寒，不会"繁枝容易纷纷落"，不会"无边落木萧萧下"，而总是一如既往地水珠细小却清静地往前流淌着。它拥有着巴洛克特有的稳定、匀称、安详、恬静、圣洁和旷日持久的美。它的美不在于体积而在于它渗透进永恒的心灵和岁月里，就像刻进树木内心的年轮里。它不是一杯烈酒，让你吞下去立刻就烟花般怒放、烈火般燃烧；它只是你的眼泪，在你最需要的时候，珍珠项链般地挂在你的脖颈上，或悄悄地湿润着你的心房。

这才是小溪的性格和品格。

这才是巴赫的性格和品格。

有人说巴赫伟大，称巴赫为"音乐之父"，说在巴赫以后出现的伟大音乐家中，几乎没有一个没受过他的滋养。贝多芬、舒曼、里姆斯基·科萨科夫、雷格尔、勋伯格、肖斯塔科维奇……

伟大不见得都是巍巍乎、昂昂乎，如庙堂之器哉。伟大可以是高山，是江河，但也同样可以是溪水。巴赫是这样清澈的小溪。

水，当世事沧桑，春秋代序，高山夷为平地，江河顿失滔滔，大河更改河道，小溪却一如既往，依然涓涓在流，清清在流，静静在流。这就够了，这就是小溪的伟大之处。

听巴赫的音乐，你的眼前永远流淌着这样静谧安详、清澈见底的小溪水。

在宁静如水的夜晚，巴赫的音乐，是孔雀石一样蓝色夜空下的尖顶教堂正沐浴着的皎洁的月光。教堂旁不远的地方流淌着这样的小溪水，九曲回肠，长袖舒卷，蜿蜒地流着，流向夜的深处，溪水上面跳跃着教堂寂静而瘦长的影子，跳跃着月光银色的光点……

在阳光灿烂的日子，巴赫的音乐，是无边的原野，青草茂盛，野花芬芳，暖暖的地气在氤氲地袅袅上升，一群云一样飘逸的白羊，连接着遥远的地平线。从朦朦胧胧的地平线那里，流来了这样一弯清澈的小溪，溪水上面浮光跃动，却带来亲切的问候和梦一样轻轻的呼唤……

1996 年 12 月于北京

阳光的三种用法

　　童年住在大院里，都是一些引车卖浆者流，生活不大富裕，日子各有各的过法。

　　冬天，屋子里冷，特别是晚上睡觉的时候，被窝里冰凉如铁，家里那时连个暖水袋都没有。母亲有主意，中午的时候，她把被子抱到院子里，晾到太阳底下。其实，这样的法子很古老，几乎各家都会这样做。有意思的是，母亲把被子从绳子上取下来，抱回屋里，赶紧就把被子叠好，铺成被窝状，留着晚上睡觉时我好钻进去，被子里就是暖乎乎的了，连棉花味道都烤了出来，很香的感觉。母亲对我说："我这是把老阳儿叠起来了。"母亲一直用老家话，把太阳叫老阳儿。"阳儿"读成"爷儿"音。

　　从母亲那里，我总能够听到好多新词。把老阳儿叠起来，让我觉得新鲜。太阳也可以如卷尺或纸或布一样，能够折叠自如吗？在母亲那里，可以。阳光便能够从中午最热烈的时候，一直储存到晚上我钻进被窝里，温暖的气息和味道，让我感觉到阳光的另一种形态，如同母亲大手的抚摸，比暖水袋温馨许多。

　　街坊毕大妈，靠摆烟摊养活一家老小。她家门口有一口半人多高的大水缸。冬天用它来储存大白菜,夏天到来的时候,每天中午,她都要接满一缸自来水,骄阳似火,毒辣辣地照到下午,晒得缸里的水都有些烫手了。水能够溶解糖,溶解盐,水还能够溶解阳光,大概是童年时候我最大的发现了。溶解糖的水变甜,溶解盐的水变咸,溶解了阳光的水变暖,变得犹如母亲温暖的怀抱。

毕大妈的孩子多,黄昏,她家的孩子放学了,毕大妈把孩子们都叫过来,一个个排队洗澡。毕大妈用盆舀的就是缸里的水,正温乎,孩子们连玩带洗,大呼小叫,噼里啪啦,溅起一盆的水花,个个演出一场"哪吒闹海"。那时候,各家都没有现在普及的热水器,洗澡一般都是用火烧热水,像毕大妈这样法子洗澡,在我们大院是独一份。母亲对我说:"看人家毕大妈,把老阳儿煮在水里面了!"

我得佩服母亲用词的准确和生动,一个"煮"字,让太阳成为我们居家过日子必备的一种物件,柴米油盐酱醋茶,这开门七件事之后,还得加上一件,即母亲说的老阳儿。

真的,谁家都离不开柴米油盐酱醋茶,但是,谁家又离得开老阳儿呢?虽说如同清风朗月不用一文钱一样,老阳儿也不用花一分钱,对所有人都大方,而柴米油盐酱醋茶却样样都得花钱买才行。但是,如母亲和毕大妈这样将阳光派上如此用法的人家,也不多。这需要一点智慧和一颗温暖的心,更需要在艰苦日子里磨炼出的一点本事,这叫作少花钱能办事,不花钱也能办事,阳光才能够成为居家过日子的一把好手,陪伴着母亲和毕大妈一起,让那些庸常而艰辛的琐碎日子变得有滋有味。

对于阳光,大人有大人的用法,我们小孩子也有小孩子的用法。我家的邻居唐家,主人是个工程师,他家有个孩子,比我大两岁,很聪明,就算喜欢招猫逗狗,也总爱别出心裁玩花活儿。有一次,他拿出他爸爸用的一个放大镜,招呼我过去看。放大镜我在学校里看见过,不知他拿它玩什么新花样。我走了过去，他在放大镜下放一张白纸，用放大镜对着太阳，不一会儿，纸一点点变热，变焦，最后居然烧着了起来，腾地蹿起了火苗，旋风一般把整张白纸烧成灰烬。

又有一次，他拿着放大镜，撅着屁股，蹲在地上，对准一只蚂蚁，追着蚂蚁跑，一直等到太阳透过放大镜把那只蚂蚁照晕，爬不动，最后烧死为止。母亲看见了这一幕，回家对我说："老唐家这孩子心这么狠，小蚂蚁招他惹他了，这不是拿老阳儿当成火了吗？你以后少和他玩！"

有一部电影叫作《女人比男人更凶残》。有时候，小孩比大人更心狠，小孩子家并不都是天真可爱。

2008 年 6 月于北京

母亲（节选）

童年和少年，是永远回忆不完的，像是永远挖不平的大山。那时，我们因节节拔高而常常看不起目不识丁的母亲，常常会在不知不觉中忘记了她的存在。当一切过去了，才会看清楚过去的一切，它们如同潮水退后的石粒一般，格外清晰地闪着光彩显露出来。

小学高年级，我的自尊心（其实是虚荣心）突然涨涨的，像爱面子的小姑娘。妈妈没文化，针线活做得也不拿手，针脚粗粗拉拉的。从她来以后，我和弟弟的衣服、鞋都是她来做。衣服做得像农村孩子穿的，却洗得干干净净。这时候，我开始嫌那对襟小褂土，嫌那前面没有开口的抿裆裤太寒碜，嫌那踢死牛的棉鞋没有五眼可以系带……我开始磨妈妈磨爸爸给我买商店里卖的衣服穿。这居然没有伤了她的心，她反倒高兴地说："孩子长大了，长大了！"然后，她带我们到前门外的大栅栏去买衣服。上了中学以后，她总是把钱给我，由我自己去挑去买。而她则在衣服扣子掉了的时候帮我缝上，衣服脏的时候埋头在那大瓦盆里洗啊洗。

我甚至开始害怕学校开家长会，怕妈妈颠着小脚去，怕别人笑话我。我会千方百计地不要她去，让爸爸参加。如果实在没有办法，她必须去，我会在开会前羞得很，会后又会臊不搭的，仿佛很丢人。前后几天，心都紧张得很，皱巴巴的，怎么也熨不平。其实，她去学校开家长会的机会很少，但我仍然害怕，我实在不愿意她出现在我们学校里。反正，那时我真够浑的。

一年暑假，我磨着要到内蒙古看姐姐。爸爸被我折磨得没办法，只好答应了。听说学校开张证明，便可以买张半费的学生火车票。爸爸去了趟学校，碰壁而归。校长说学生只有去探望父母才可以买半费学生票，看姐姐不行。我知道那位脸总是像刷着糨糊一样绷得紧紧的校长，他说出的话从来都是钉天的星，我们谁见了他都像耗子见了猫一样，躲得远远的。

妈妈说："我去试试！"

我不抱什么希望。果然她也是碰壁而归。不过她不是就此罢休，接着再去，接着碰壁。我记不清她究竟几进几出学校了。总之，一天晚上，她去学校很晚没回家，爸爸着急了，让我去找。我跑到学校，所有办公室都黑洞洞的，只有校长室里亮着灯。我走近校长室门，没敢进去。平日，我从未进过一次校长室。只有那些违反校规、犯了错误的同学才会被叫进去挨训。我趴在门口听听里面有什么动静。没有，什么动静也没有。莫非没人？妈妈不在这里？再听听，还是没有一点儿声响。我趴在窗户缝瞅了瞅，校长在，妈妈也在。两人演的是什么哑剧？

我不敢进去，也不敢走，坐在门口的石阶上等。不知过了多长时间，校长的声音吓了我一跳："大妈！我算服了您了！给您，证明！我可是还没吃饭呢！"接着就听见椅子响和脚步声，吓得我赶紧兔子一样跑走，一直跑出学校大门。我站在离校门口不远的一盏路灯下，等妈妈出来。我老远就看见她手里攥着一张纸，不用说，那就是证明。

她走过来，我愣愣地叫了一声："妈！"吓了她一跳。一见是我，她把盖章的证明递给我："明儿赶紧买火车票去吧！"

回家的路上，我问她："您用什么法子开的证明呀？"我觉得她能把那么厉害的校长磨得同意了，一定有高招。

她微微一笑："哪儿有啥法子！我磨姜捣蒜就是一句话：复兴就这么一个亲姐姐，除了姐姐还探啥亲？不给开探亲证明哪个理？校长不给开，我就不走。他学问大，拿我一个老婆子有啥法子！"

"妈！您还真行！"

说这话，我的脸好红。我不是最怕妈妈去学校吗？好像她会给我丢多大脸一样。可是，今天要不是她去学校，证明能开回来吗？

虚荣心伴我长大。当浅薄的虚荣一天天减少，我才像虫子蜕皮一样渐渐长大成人。而那时候，我懂得多少呢？在我心的天平上，一头是妈妈，一头却是姐姐。尽管妈妈为我付出了那样多，我依然有时忘记了妈妈的情意，而把天平倾斜在姐姐的一边。莫非是血脉中种种遗传因子在作怪？还是心中藏有太多的自私？

大约六年级那一年，我做了一件错事。姐姐逢年过节都要往家里寄点儿钱。那一次，姐姐寄来三十元。爸爸把钱放进一个牛皮小箱里。那箱是我家最宝贵的东西，所有的金银细软都装在里面。那时所谓的金银细软，无非是爸爸每月领来的七十元工资，全家的粮票、油票、布票之类。我一直顽固地认为：姐姐寄来的钱就是给我和弟弟的。如果没有我和弟弟，她是不会寄钱回来的。爸爸上班后，我趁妈妈不在家的时候，走近那棕色的小牛皮箱。箱子上只有一个铜吊镣，没有锁头，轻轻一掀，箱盖就打开了。我记得挺清楚，五元一张的票子，有六张躺在箱里，我抽走一张跑出了屋。那时，我迷上了文学，尤其是古典诗词。我从同学手里借了一本《千家诗》，全都抄了下来，觉得不过瘾，想再看看新的才能满足。手中有五元钱一张咔咔直响的票子，我径直跑往大栅栏的新华书店。那时五元钱真经花，我买了一本《宋词选》，一本《杜甫诗选》，一本《李白诗选》，还剩一块多零钱。捧着这三本书，我像个得胜回朝的将军一样得意扬扬地回到家，一看家里没人，把书放下便跑到出租小人书的书铺，用剩下的钱美美地借了一摞书。我忘记了，那时五元钱对于一个每月只有七十元收入的全家意味着什么。那并不是一个小数字。

我正读得津津有味，爸爸突然走进书铺。我这才意识到天已经暗了下来。我发现爸爸一脸怒气，叫我立刻跟他回家。一路上，他走在前面，我跟在后面，活像犯了错的小狗，耷拉着耳朵垂着尾巴。我知道大事不好。果然，刚进家门，爸爸便忍不住，把我一把按在床上，抄起鞋底子狠狠地打在我的屁股上。爸爸什么话也不讲。我不哭，也没叫。我和爸爸都心照不宣，我心里却在喊："姐姐！姐姐！你寄来的钱是给谁的？是给我的！我的！"

这是我生平头一次挨打，也是唯一一次。

妈妈就站在旁边。她一句话也没说，就那么看着，不上来劝一劝，一直看着爸爸打完了我为止。

吃饭时，谁也不讲话，默默地吃，只听见嚼饭的声音，显得很响。妈妈先吃完饭，给爸爸准备明天上班带的饭，其实我天天看得见，但仿佛这一天才看清楚：只是两个窝头，一点儿炒土豆片而已。爸爸每天就吃这个。大冬天，刮多大风、下多大雪，也要骑车去，不肯花五分钱坐车，我却像大爷一样把五元钱一下子花掉。我忽然感到很对不起爸爸，觉得是我错了，我活该挨打。妈妈不劝也是对的，为的是我长个记性。

饭后，爸爸叮嘱妈妈："明儿买把锁，把小箱子锁上！"

第二天，那个棕色小皮箱没有上锁。

第三天，妈妈仍然没有锁上它。

在以后的岁月里，那箱子始终没有上锁。为此，我永远感谢妈妈。

那是一位母亲对一个犯错误的孩子的信任。只有母亲才会把自己的一切向儿子敞开着……

我上初中的时候，正赶上三年自然灾害。那时，弟弟上小学三年级。我们正在长身体、要饭量的楗节儿。一下子，家里月月粮食出奇紧张，我们的肚子出奇大，像是无底洞，塞进多少东西也没有饱的感觉。

星期天，爸爸对我们说："今天带你们去个好地方！"

爸爸、妈妈领着我们兄弟俩来到天坛城根底下。妈妈一下子神采焕发，蹲下来挖了两棵野菜。原来是挖野菜来了！爸爸口中念念有词："野菜更有营养！"我和弟弟谁也不信，都觉得那玩意儿很苦。挖野菜，妈妈是行家。她在农村待过好多年，逃过荒、要过饭，闹饥荒的岁月就是靠吃野菜过来的。她很得意地告诉我和弟弟这叫什么菜、那叫什么菜，那样子就像老师指着黑板告诉我们什么是正确答案。此后，我写小说时要写一段有关野菜的具体名字时问她，她依然眼睛一亮，得意地告诉我什么是茴菜、马齿苋、曲公菜、苦苦菜、老瓜筋、洋狗子菜、牛舌头棵……就是这些名目繁多味道却十分苦涩的野菜，充饥在妈妈和爸爸的肚子里。那时，从天坛城根挖来的野菜，被妈妈做成菜团子（用玉米面包着野菜做馅和食品），大多咽进她和爸爸的胃里。而馒头和米饭，都让给我和弟弟吃。野菜到底是野菜，就在灾荒眼瞅着快要过去的时候，爸爸、妈妈病倒了。

先是爸爸，患上高血压，由于饥饿，全身浮肿，脚面像被水泡过发酵一般，连鞋都穿不进去。他上不了班，只好提前退休，每月拿60%的工资，全家只有靠爸爸的四十二元钱过日子了。紧接着，妈妈病了，那么硬朗的身子骨也倒下了。

我永远不会忘记那一夜。

那时，我将初三毕业，弟弟小学毕业，正要毕业考试之际。一天半夜里,我被里屋妈妈的一阵咳嗽吵醒,睁眼一看见里屋的灯亮着。爸爸和妈妈正悄悄说着话。我听出来是妈妈吐血了。我再也睡不着,用被子捂着脸偷偷地哭了,又不敢哭出声,怕惊动弟弟和他们。我知道,这一切是为了我们。我们这些孩子有什么用!我们就像趴在他们身上的蚂蟥,在不停吸吮着他们的血呀!我们快长大了,他们的血也快被吸干了。

第二天上午,我对他们讲:"爸,妈!我不想上高中了,想报中专!"上中专吃饭不用花钱,每月还能有点儿助学金。

爸爸一听很吃惊:"为什么?你一定得上高中,家里砸锅卖铁也要供你!"爸爸知道我初中几年都是优良奖章获得者,盼我上高中、上大学。

妈妈坐在一旁不说话,只是不断地咳。她每咳一声,都像鞭子抽打在我的心上。那一刻,我真想扑在她的怀里大哭一场。

爸爸又说:"你听见了吗?一定要上高中!"他见我不答话,生气地一再逼我答应。

我急了,流着泪嚷了句:"妈都吐血了,我不上!"

这话让他们都一惊。妈妈把我叫到她身边,说:"你听谁瞎咧咧?我没——!"

"您甭骗我了!昨夜里你们的话,我都听见了!"

她本来就不会讲瞎话,让我这么一说更不会遮掩了:"妈妈没事!我以前身子骨好,你放心!上学可是一辈子的事。妈妈一辈子没文化,你可要……"她说着有生以来最多的一次话。她说得不连贯,讲不出什么道理,但我都明白。

"你快别惹你爸生气,你爸有高血压。听见没?就点点头说你上高中!"

她说着,望着我。我望着她蜡黄的脸上一道道的皱纹,心里不禁一阵阵抽搐。

"你快答应吧！"她急得掉出眼泪。

我不忍心她这样悲伤，近乎哀求一样对我说话，只好点了点头。

当天，爸爸把这事写信告诉了姐姐。就是从那个月起，姐姐每月寄来三十元钱，一直寄到我到北大荒插队。我知道我只能上高中，只能好好学习，比别人下更大的苦功夫学！

爸爸一辈子留下两件值钱的东西：一是那辆破自行车，另是一块比他年纪还要老的老怀表。他卖掉了这两样东西，给妈妈抓来中药。我卖掉了集起来的一本邮集，又卖掉几本书，换来一些钱，交到妈妈的手中。我想让妈妈的病快点儿好起来，心想妈妈会为我这孝顺高兴的。谁知她听说我卖了书，什么话也没说，眼泪落了下来。弄得我不知怎么回事，一个劲儿地问："妈，您怎么啦？……"

"你真不懂事啊，真不懂事！我为了什么？你说！你怎么能卖书呢？"

我讲不出一句话。妈妈，你病成这样子，想的还是要我读书！

"你答应我以后再也不干这傻事了！"

我只好点点头。

我升入高中。就在高一这一年下乡劳动中，我上吐下泻病倒了。同学赶着小驴车连夜把我送到长途汽车站。我回到家后几天高烧不退，昏迷不醒，可吓坏了爸爸、妈妈。一位邻居对妈妈说："孩子是魂儿丢了。你得快替孩子招招魂！"妈妈赶紧脱下鞋，用鞋底子拍着门槛，嘴里大声反复叫着："复兴，我的儿呀，你快回来吧！复兴，我的儿呀，你快回来吧！……"然后又不住地叫我的名字："你答应啊！复兴，你答应啊！……"

躺在床头迷迷糊糊听见她在叫我，我不应声。我当时刚刚加入共青团，又是学校堂堂的学生会主席，怎么能信招魂这迷信的一套呢？

我不应声，妈妈便越发用鞋底子使劲拍门槛，越发大声叫："复兴，你答应啊……"那声音越发充满紧张和急迫，直到后来嗓子哑了、带着哭音了。她是那样虔诚地相信我的魂还未被她招回。我的性子可真拧，妈妈就这样叫了我半宿，我硬是不应声。

弟弟在一旁急了，撺掇我："你快答应一声吧！"没办法，我只好有气无力地应了一声："呃！"妈妈长舒一口气，穿上鞋站起来走到我身边，说："总算把魂招回来了！没事了，你的病快好了。"

病好之后，我说她："妈，大半夜的叫魂，多让人难为情。您可真迷信！"

她一笑："什么迷信不迷信！你病好了，我就信！"

这就是我的母亲！在所有人面前，我从来不讲她是后娘，也绝不允许别人讲。

我忽然想起这样一件事。那时，我每天在学校食堂吃一顿午饭，负责打饭、分饭。我们班有个眼皮有块疤瘌的同学，有一次非说我分给他的饭少了，横横地对我说："怎么给我这么点儿？你后娘待你也这样吧？"我气得浑身发抖，扔下盛馒头的簸箩，和他扭打了起来。我从来没和别人打过架，自小力气便弱。疤瘌眼是个嘎杂子、琉璃球，很会打架。我知道我打不过他，可还是要打。结果，吃亏的当然是我，我被他打得鼻青脸肿。但他也没占什么便宜，刚开始，他毫无准备，被我朝他的小肚子上结结实实打了好几拳。

回到家，见我狼狈的样子，妈妈吓坏了，忙问："小祖宗，你这是怎么啦？"

"没什么！"我没告诉妈妈。但我觉得今天值得，我为妈妈做了点儿什么。虽然，也付出了点儿什么。

第二单元 泛读美文

一　记不住的日子

一片幽情冷处浓

又到鲜鱼口。这是一条比大栅栏历史还要久的老街，前些年被整治一新，变成北京小吃街。在街南力力餐厅和通三益的位置，以前有座二层小楼，是联友照相馆。力力餐厅和通三益干果店，以前都不在这里，在前门大街东侧。

正是中午，站在这个位置上，阳光直泻，照得我额头上渗出汗珠。通三益门口东侧吹糖人的小摊围着几个外地人。心里想，他们谁会知道这里原来是家照相馆呢？又想，即便知道了，又能怎么样呢？一条老街，跟一个人一样，如今都时兴整容，觉得整过的容貌，比爹妈给自己的面庞要好看。人们的审美观和价值观，就这样天经地义地发生着变化。

十多年前，我到这里的时候，联友照相馆的二层小楼还在，只不过变成了一个洗印照片的商店，破旧不堪，门可罗雀。我走进去，询问店员联友的历史。店员的岁数和我差不多大，知道的事情比较多，他告诉我，联友好多年前就不再是照相馆了，但还属于照相器材公司管，后来勉强经营洗印照片，现在就等着迁拆，看以后怎么安排了。

我问他，没有可能再把联友照相馆恢复起来吗？他摇摇头说，大概不会。然后对我说，你知道现在照相馆不好经营，都改影楼了。你看前门大街上的大北照相馆，以前多红火呀，现在行情也差多了。

他说得没错。我知道，这只是我的一厢情愿。也许，只有住在这附近的老街坊，对联友照相馆才有这样的情感。

在北京照相馆发展的历史上，第一家照相馆，是清光绪十八年（1892年）开设在琉璃厂的丰泰照相馆。对比丰泰，联友照相馆的历史没有那么久，它是民国后期开张的。但是，对于鲜鱼口这条老街，它却是第一家具有现代味道的店铺。自明清以来，鲜鱼口是以鞋帽铺为主的老街。那时候的鞋帽都是手工制作，是传统农商时代的产物，照相馆可是洋玩意儿，无疑给鲜鱼口老街带来点儿维新的感觉。这感觉，就像前门大街1924年新建起的五洲大药房，那颇有洋范儿的大钟楼，和它世界味的店名"五洲"一样，专门经营西药。五洲和联友前后脚开店，颇有些与时俱进的意思。

和这位老店员聊天，他告诉我，联友的位置是原来的会仙居。会仙居是现在天兴居炒肝店的前身。会仙居在同治元年（1862年）开业，是地道的老字号，一直经营炒肝，生意不错。现在有名的天兴居是1930年前后开的后起之秀。只不过最后的竞争中，后来者居上，会仙居被天兴居吞并。会仙居的地盘出让之后，原来的二层小楼便改建了联友照相馆。

在鲜鱼口老街上，我一直以为联友照相馆多少有些鹤立鸡群的感觉。这倒不是因为它是舶来品，而是因为它依托原来会仙居二层小楼的格局，并没有过多的改造，起码没有像五洲大药房那样立起一个欧式的钟楼来。它的门脸不大，只是多了一个橱窗，里面陈列着几张照片而已，其中有的照片，用彩笔上色，显得那么鲜艳，又那么不真实。从我家穿过兴隆街过小桥路口，走进鲜鱼口，一路都是卖点心卖百货卖鞋帽甚至卖棺材的传统老店铺，偏偏它不卖东西，而是为你服务，当场还拿不走照片，得等几天之后，才能够取得。这让小时候的我对它充满好奇，也有几分期待和想象。

那时候，对于普通家庭而言，照相还不普遍，除了拍证件照或者全家福，一般不会去照相馆。我和弟弟有生以来的第一张照片，是在那里照的。那是1952年，生母去世后，姐姐为了担起家庭的重担，远走内蒙古去修铁路，临走的时候，带着我们到联友照了一张照片，全身，为的是特意照上我们为母亲戴孝穿的白鞋。那一年，我5岁，弟弟2岁，姐姐不到17岁。

以后，姐姐每一年回家，总会带我和弟弟照一次相，每一次都是到联友照相馆照的。在前门一带，照相馆并不止联友一家，起码，在前门大街东侧有大北照相馆，西侧有中原照相馆，劝业场的三楼也有照相馆，但是，姐姐只选择联友，便也连带着我对联友多了一份由衷的感情。同时，还有重要的一点，是那三家照相馆立足于前门外，都晚于联友。大北尤其晚，它是1958年从石头胡同迁到前门大街上的。如今，其余几家照相馆都从前门一带消失，只剩下了大北一家。每次路过大北的时候，总会不由自主地想起联友。

记得最后一次到联友照相馆照相，是我高二那一年即1965年的冬天。第二年"文化大革命"就来了，一切都乱了套，我和弟弟分别去了北大荒和青海。姐姐再回到北京，看到我们姐弟三人分在三处，远在天涯，来去匆匆之中，只剩下了伤感，失去了照相的兴趣。

姐姐八十大寿，我去呼和浩特看姐姐，看见她家写字台的玻璃板底下放着一张照片。照片很长，是姐姐把那时每次回来探亲时和我及弟弟照的那一张张合影，洗在一起，像是电影的胶片一样，串联起了我们童年和少年的脚印。想想是从1952年到1965年14年来的照片。那是我们姐弟三人的一段记忆，也是联友照相馆的一段断代史。

心里明镜似的清楚，如果不是刚刚在姐姐家看到这如糖葫芦般一长串的照片，我也不会想起到鲜鱼口来。只是，联友照相馆已经不在了。十多年前，它还在呢，这么快，像梦一样消失得无影无踪。

　　站在中午暖洋洋的秋阳下，站在遥远却清晰的记忆深处，眼前忽然晃动起这样一幅画面：每一次姐姐带我和弟弟到联友，照相之前，姐姐都会划着一根火柴，燃烧一半时将它吹灭，用火柴头儿剩下那一点点碳的灰烬，为我和弟弟涂黑眉毛。照相的师傅总会看着我们，耐心地等姐姐涂完，然后微笑着招呼我们过去，站在他那蒙着黑布的照相机前。

　　想起了纳兰性德的一句词：一片幽情冷处浓。他说的是芙蓉花。我想的是联友照相馆。

2021 年 10 月 26 日于北京

地平线，遥远的地平线

年轻时去远方漂泊

寒假的时候，儿子从美国发来一封 Email，告诉我他要利用这个假期开车从他所在的北方出发到南方去，并画出了一共要穿越 11 个州的路线图。刚刚出发的第三天，他在得克萨斯州的首府奥斯汀打来电话，兴奋地对我说这里有写过《最后一片叶子》的作家欧·亨利的博物馆，而在昨天经过孟菲斯城时，他参谒了摇滚歌星猫王的故居。

我羡慕他，也支持他，年轻时就应该去远方漂泊。漂泊，会让他见识到他没有见过的东西，让他的人生半径像水一样漫延得更宽更远。

我想起有一年初春的深夜，我独自一人在西柏林火车站等候换乘的火车，寂静的站台上只有寥落的几个候车的人，其中一个像是中国人，我走过去一问，果然是，他是来接人。我们闲谈起来，知道了他是从天津大学毕业到这里学电子的留学生。他说了这样的一句话，虽然已经过去了十多年，我依然记忆犹新："我刚到柏林的时候，兜里只剩下了 10 美元。"就是怀揣着仅仅 10 美元，他也敢于出来闯荡，我猜想得到他为此所付出的代价，异国他乡，举目无亲，风餐露宿。漂泊是他的命运，也成为他的性格。

我也想起我自己，比儿子还要小的年纪，驱车北上，跑到了北大荒。自然吃了不少的苦，北大荒的"大烟炮儿"一刮，就先给我了一个下马威。天寒地冻，路远心迷，仿佛已经到了天外，漂泊的心如同断线的风筝，不知会飘落在哪里。但是，它让我见识到了那么多的痛苦与残酷，也让我触摸到了那么多美好的乡情与故人，而这一切不仅谱就了我当初青春的谱线，也成为我今天难忘的回忆。

没错，年轻时心不安分，不知天高地厚，想入非非，把远方想象得那样好，才敢于外出漂泊。而漂泊不是旅游，肯定是要付出代价的，品尝多一些的人生滋味，也绝不是冬天坐在暖烘烘的星巴克里啜饮咖啡。也只有年轻时才有可能去漂泊，漂泊需要勇气，也需要年轻的身体和想象力。人的一生，如果真的有什么事情叫无愧无悔的话，在我看来，就是你的童年有游戏的欢乐，你的青春有漂泊的经历，你的老年有难忘的回忆。

一辈子总是待在舒适的温室里，再是宝鼎香浮、锦衣玉食，也会弱不禁风、消化不良的；一辈子总是离不开家的一步之遥，再是严父慈母、娇妻美人，也会目光短浅、膝软面薄的。青春时节，更不应该将自己的心锚过早地沉入窄小而琐碎的泥沼里，沉船一样跌倒在温柔之乡。在虚拟的网络中和在甜蜜蜜的小巢中，酿造自己龙须面一样细腻而细长的日子，消耗自己的生命，只能让自己未老先衰地变成一只蜗牛，只能在雨后的瞬间从沉重的躯壳里探出头来，望一眼灰蒙蒙的天空，便以为天空只是那样大，那样脏兮兮。

青春，就应该像是春天里的蒲公英，即使力气单薄、个头矮小、还没有长出飞天的翅膀，也要借着风力飞向远方；哪怕是飘落在你所不知道的地方，也要去闯一闯未开垦的处女地。这样，你才会知道世界不只是一间好看的玻璃房，你才会看见眼前不只是一堵堵心的墙。你也才能够品味出，日子不只是白日里没完没了的堵车，夜晚时没完没了的电视剧和家里不断升级的鸡吵鹅叫，单位里波澜不惊的明争暗斗。

尽人皆知的意大利探险家马可·波罗，17岁就曾经随其父亲和叔叔远行到小亚细亚，21岁独自一人漂泊整个中国。奥地利的音乐家舒伯特，20岁那年离开家乡，开始了他在维也纳的贫寒的艺术漂泊。我国的徐霞客，22岁开始了他历尽艰险的漂泊，行万里路，读万卷书……当然，我还可以举出如今的"北漂一族"——那些生活在北京农村简陋住所的人们，他们也都是在年轻的时候开始了最初的漂泊。年轻，就是漂泊的资本，是漂泊的通行证，是漂泊的护身符。而漂泊，则是年轻的梦的张扬，是年轻的心的开放，是年轻的处女作的书写。那么，哪怕那漂泊如同舒伯特的《冬之旅》一样，茫茫一片，天地悠悠，前无来路，后无归途，铺就着未曾料到的艰辛与磨难，也是值得去尝试一下的。

我想起泰戈尔在《新月集》里写过的诗句："只要他肯把他的船借给我，我就给它安装一百只桨，扬起五个或六个或七个布帆来。我决不把它驾驶到愚蠢的市场上去……我将带我的朋友阿细和我做伴。我们要快快乐乐地航行于仙人世界里的七个大海和十三条河道。我将在绝早的晨光里张帆航行。中午，你正在池塘洗澡的时候，我们将在一个陌生的国王的国土上了。"那么，就把自己放逐一次吧，就借来别人的船张帆出发吧，就别到愚蠢的市场去，而先去漂泊远航吧。只有年轻时去远方漂泊，才会拥有泰戈尔这样童话般的经历和收益，那不仅是书写在心灵中的诗句，也是镌刻在生命里的年轮。

2004年初于北京

不要在地铁里睡觉

这是一首老歌,是英国老牌摇滚歌手彼得·墨菲(Peter Murphy)在1995年唱的,名字叫作《地铁》。我非常喜欢听这首歌,他唱得格外温情脉脉,那样缓缓低飞如同飞机要平稳安全着陆到家的感觉,是他歌中少有的温馨。

在这首歌里,他反复地唱道:"不要在地铁里睡觉,不要在倾盆大雨里睡着。"真的让我感动,像是很少听到的一种叮咛。尤其是在人情冷漠如冰的今天,在人流如鲫拥挤的地铁里,在到处都是旁若无人地低头忙着看微信、发微信的熟人之间,在擦肩而过而面无表情却一腔心事重重随时都有可能如爆竹点燃炸响的陌生的面孔前,特别是在夜晚最后一班地铁那昏昏欲睡的惺忪眼神里,这种叮咛是那样感人而清新,一下子让人觉得亲近,而心生温暖。更何况,这种叮咛来自一个陌生人,甚至异邦。

在现代化都市里,地铁真的是一个奇特的场所。作为城市的公共空间,地铁并不是唯一的场所,还有剧场、公园、广场、博物馆、音乐厅、体育场、大会堂,乃至飞机场或火车站,我们不见得每日都需要去那里,但地铁对于人们尤其对于上班族,却是不可一日能够离开。

所以，地铁的新线路开通，总会让人们的视线随线路一起延长；而地铁的票价上涨，特别让人们的心敏感乃至脆弱。特别是道路越来越拥挤，住处越来越趋向郊区，地铁便越来越和人们密不可分。地铁的公共空间，便成了流动的空间，连接着人们从起床到工作再到睡觉的若干个公共空间和私人空间，是任何一个公共空间都无法比拟的。

只有在地铁里，你才可以看到，那么多人来来往往、素昧平生，谁也不知道谁来自何方，又将去何方；那么多人拥挤在一起，能够闻得见对方身上湿漉漉的汗的味道，能够听得见彼此怦怦的心跳，心的距离，却比身子紧贴着的距离不知远多少倍。所谓近在咫尺，却远在天涯。像以前徐静蕾演的电影《开往春天的地铁》中那样的奇迹，只能在电影里发生，永远不会出现在地铁里。

所以，彼得·墨菲反复地唱道："不要在地铁里睡觉，不要在倾盆大雨里睡着。"你就会感到，这种叮咛里面，不仅仅是怕你在倾盆大雨中睡着着凉，还包含着让你对四周带有几分警惕的劝告，比如地铁里常见伸向女人身体的咸猪手，那些佯装睡着或看报的男人，将前身若无其事地贴在站在车厢里打瞌睡的年轻姑娘的身后，或用手掌触摸车座上已经睡着的年轻姑娘的大腿，甚至肆无忌惮地摸向她们的屁股和胸部。在我看来，其实，这些就是彼得·墨菲歌声同声放映的画面，或者说，彼得·墨菲的歌声，是这些照片的画外音。

"不要在地铁里睡觉，不要在倾盆大雨里睡着。"唱得真好，温暖的叮咛，又带有仔细的提醒，既是出于人生况味的关怀，又是出于世事沧桑的警告，多层含义，像温暖的手臂一样将你紧紧拥抱。然后，他才会接着这样唱道："恨是一种罪恶，这条道很窄，像冰一样薄，我们却可以在这里的某一个地方遇到。"从冷漠到不信任到警惕，再到恨，有时只有一步之遥，就在我们再熟悉不过的地铁里。

我确实得佩服彼得·墨菲，他能够准确地捕捉到生活中微妙的瞬间，让我们在地铁和他不期而遇，听他唱出那难得的温情、叮咛、宽容和期待，乃至细致入微的劝告和警告。他不是那样大而化之，不像我们在歌词中常常听得到的只是名词和形容词垒起来的"防空洞"，而是浓缩到最能够打动人心的一点上，让他的歌声飞溅出魅力四射的水珠，滋润着我们麻木而干涸的心。

听这首《地铁》，总让我想起无论是纽约、东京、巴黎还是我们北京的地铁里，夜晚在司空见惯摇摇晃晃的车厢里的那些北京城或来自外乡的昏昏欲睡的人；也总让我想起吕克·贝松导演的那部叫作《地下铁》的电影，那些镜头里奔忙如蚂蚁的人流，冷漠如木偶的面孔，那震耳欲聋、穿梭不停的地铁轰隆隆的响声。那些对生活的回避，对现实的逃离，孤独的流浪，漂泊无根的无奈，还有电影里面的那一支乐队……便总会情不自禁地叠印着跳进彼得·墨菲的这首歌中来。那种日子对人生的重压，日复一日的繁忙对人心的蚕食，地铁车轮撞击铁轨的隆隆单调声响，伴随着彼得·墨菲的歌声，正是对人的疲惫麻木和昏昏欲睡的最好伴奏，安慰着人心，温馨地渗进人们的梦中。仿佛他就在地铁西直门站或东直门站喧嚣拥挤的哪一个角落里，抱着他的吉他，悄悄在唱着这首歌，告诉你："不要在地铁里睡觉，不要在倾盆大雨里睡着……"

真的，无论什么时候，只要一听到"不要在地铁里睡觉"，不要说是歌声，哪怕只是一句轻轻的诉说，也足以让人感动了。在现实的生活中，除了自己的父母，谁还会说这样一句"不要在地铁里睡觉"的嘱咐和叮咛？就是自己的亲兄弟姊妹，也都在各自的奔波之中无暇顾及。人们变得越来越自私，越来越现实，就像罗大佑在歌里唱的那样："人们变得越来越有礼貌，可见面的机会却越来越少。苹果的价钱卖得比以前高，味道不见得比以前的好。"客气的礼貌，并不是真正的关心和爱；生日的豪华蛋糕和999朵玫瑰，代替了日常生活中一点一滴的关照。温馨和温情，已经被挤压得如同人们品尝咖啡时壶底的碎末或嘴里含过的干话梅核，可以被随手扔掉。谁还在乎这样一句再普通不过的话？

不要在地铁里睡觉，不要在倾盆大雨里睡着……

2014 年 12 月 19 日改毕于北京

藤萝架下

一个人喜欢去的地方，和喜欢的人一样，带有命定的元素，是由你先天的性情和后天的命运所决定的。朗达·拜恩在他的著作《力量》中，从物理学的角度解释这一现象时说："每个人身边都有一个磁场环绕，无论你在何处，磁场都会跟着你，而你的磁场也吸引着磁场相同的人和事。"

应该在"人和事"后面，再加上"景"或"地"。这种宇宙间的强力磁场，是人与地方彼此吸引和相互选择的结果。因此，每一个人都有自己的心灵属地。对于伟大的人，这个地方可以很大，比如对于郑和是西洋，对于哥伦布是新大陆。而对于老舍，则是北京城；对于帕慕克，则是伊斯坦布尔。对于我们普通人，这个地方却很小。对于我，便是天坛之内，再缩小，到藤萝架下；然后，再缩小，直至这一个藤萝架下。

这是一个白色的藤萝架，在丁香树丛的西侧，月季园的北端。天坛有不少藤萝架，分白色和棕色两种，我觉得还是白色的好，春末时分，藤萝花开，满架紫色蝴蝶般纷飞，在白色的架子衬托下更加明丽。藤萝花谢，绿叶葱茏，白色的架子和绿叶的色彩搭配也谐调，仿佛相互依偎，有几分亲密的感觉，共同回忆花开的缤纷季节。冬天，如果有雪覆盖藤萝架，晶莹的雪花，把架子净身清洗过一样，让架子脱胎换骨，白得变成水晶一般玲珑剔透。

一年四季，我常到这里来，画了四季中好多幅藤萝架的画，画了四季中好多藤萝架下的人。它是我在天坛里的心灵属地。

记忆中，童年到天坛，没有见过这个藤萝架。其实，童年我没见过任何一个藤萝架。

第一次见到藤萝架，是我高三毕业那一年，我报考中央戏剧学院，初试和复试的考场都设在校园的教室和排练厅里。校园不大，甚至没有我们中学的大，但是，院子里有一架藤萝，很是醒目。正是春末，满架花开，那种密密麻麻簇拥在一起的明艳紫色，像是泼墨的大写意，恣肆淋漓，让我怎么也忘不了。春天刚刚过去，录取通知书到了，紧跟着"文化大革命"爆发，一个跟头，我去了北大荒。那张录取通知书，舍不得丢，也被我带去了北大荒。带去的，还有校园里那架藤萝花，它们开在凄清的梦里。

第二次见到藤萝架，是我刚从北大荒回到北京，到郊区看望病重住院的童年朋友时。她是一位大姐姐，一别经年，没有想到再见时，她已经是瘦骨嶙峋，惨不忍睹。童年时的印象里，她长得多么漂亮啊，街坊们说她像是从年画上走下来的人。不知道是童年的记忆不真实，还是面前的现实不真实，我的心发紧发颤。我陪她出病房散步，彼此说着相互安慰的话——她病成这样，居然还安慰我，因为那时我待业在家，还没有找到工作。也是春末花开时分，医院的院子里，有一个藤萝架，满架紫花，不管人间冷暖，没心没肺地怒放，那样刺人眼目，扎得我心里难受。紫藤花谢的时候，她走了，走得那样突然。

是的，任何一个你喜欢去的地方，都不是没有缘由的。那是你以往经历中的一种投影，牵引着你不由自主走到了这样一个地方。你永远走不出你命运的影子。那个地方，就是你内心的一面多棱镜，折射出的是以往岁月里的人影和光影。

我的两个小孙子每一次从美国回北京探亲，第一站，我都会带他们到天坛，到这个藤萝架下。可惜，每一次他们来时都是暑假，都没有见到藤萝花开的盛景。这是特别遗憾的事情，不知为什么，我特别想让他们看到满架藤萝花盛开的样子。

前年的暑假，他们忽然对藤萝结的蛇豆一样长长的豆荚感到新奇，两个人站在架下的椅子上，仔细观看，然后伸出小手小心翼翼地去摸，最后，一人摘下一个，跳到地上。豆荚一下子成为手中的长刀短剑，被他们拿着相互对杀。

转眼冬天又到了，再来到藤萝架下。叶子落尽，白色的架子，犹如水落石出一般，显露出全副身段，像是骨感峥嵘的裸体美人，枯藤如蛇缠绕其间，和藤萝架在跳一段缠绵不尽又格外有力度的双人舞，无端地让我想起莎乐美跳的那段妖娆的七层纱舞。

想起今年藤萝花开的时候，正是桑葚上市的季节，我用吃剩下的桑葚涂抹了一张画，画的是这架藤萝花，效果还真不错，比水彩的紫色还鲜灵，到现在还开放在画本里，任窗外寒风呼啸。

2021年12月20日冬至前一日于北京

总有一些瞬间温暖远去的曾经

退休后，学习格律诗，自娱自乐，打发时间。马上就到了去北大荒 53 年的日子，前两天，写了一首小诗，怀怀旧——

> 未出榴花绿满阴，不禁又去一年春。
> 破书成束诗中梦，残月临窗影外人。
> 野草荒原忆狐魅，疏灯细语诉风尘。
> 绝无消息传青鸟，只是偶思福利屯。

这里写到的福利屯，就是 53 年前的夏天我们离开北京到北大荒下火车的地方。这是我国东北方向最偏远的一个火车站了。在设立集贤县之前，福利屯一直隶属富锦县。我一直不明白，火车站为什么不建在县城，而建在一个离县城很远的偏僻荒凉的小镇上？

这确实是一个非常小的小镇，但它却是一个古镇。火车站也是老站，伪满洲国时期就有了。记得下火车是黄昏时分，那里夏日的风已经没有北京那样燥热，而有些清爽湿润的感觉，因为不远处便是松花江。落日迟迟不肯垂落，漫天的晚霞，烧得红云如火，在西天肆意挥洒。北国，北国风光！这里便是真正的北国风光了，是我在林予的长篇小说《雁飞塞北》、林青的散文《大豆摇铃时节》中看到并向往的地方了。

站台前面，只有一座低矮的房子和简单的木栅栏，这便是火车站的站房了。站在空旷的站台上，等着行李卸车，望望四周，一面是完达山的剪影立在夕阳的灿烂光芒里，一面是三江平原一望无际的平坦如砥，再有便是黑黝黝的铁轨冰冷地伸向远方，茫茫衔接着我们从北京一路奔来的路程，也仿佛连接着古今和未来。

以后，我们每一次回北京，或者从北京再回北大荒，或者是去佳木斯、哈尔滨办事，都得在这里上车下车。福利屯，成为我们生命旅程中必不可少的一个节点，绿皮车厢、硬木车座、火车头喷吐的浓烟，成为青春时节记忆飘散不去的象征。只是那时候我们站在这里夏日黄昏的清风中，不知道未来迎接我们的命运是什么，吃凉不管酸，只有一腔空荡荡的豪情。

我将这首诗用微信发给了当年插队的同学，其中到吉林一个叫新发屯农村插队的同学立刻回信说："你偶思的福利屯，我似乎并不陌生，50多年前，你有信中说'车过福利屯，上车后给你的信尚未写完……'年华如此匆匆而过，你的诗令我感到仿佛如昨。"

她的这话，让我很感动，50多年前的一封信，谁还能记住？她在遥远的新发屯，并不在也从来没有来过福利屯，过去了50多年，怎么可以记住福利屯这个那么小那么偏僻的地名？

我回复她，感谢她。她回信说："回忆中，总有一些瞬间，能温暖整个远去的曾经。"

这话说得有点儿诗意，但她说的这意思真好。其实，那时候，我和她并不很熟，只是因为她是我的一个同学的好朋友，爱屋及乌，便联系上了，和她有了通信。那时候，我爱写信，似乎很多知青都爱写信。这种传统古典的方式，特别适合风流云散的知青朋友之间抒发那个时代大而无当又缠绵自恋的情怀。她所说的车过福利屯还趴在火车上写信的情景，只能发生在那时的青春季节里。尽管生活艰苦，命运动荡，未来一片渺茫，心里还是充盈着似是而非未可知的希望，如同车窗外如流萤一般飞驰而过的灯火，总还在眼前闪闪烁烁。那时候，我正偷偷看托尔斯泰的《安娜·卡列尼娜》，总恍惚地以为火车头喷吐的浓烟过后，露出的是安娜一张漂亮成熟的脸庞。

我已经记不得信里写的都是些什么了，但一封50多年前普通的信还能被人记住，也是极其罕见的事情了。在颠簸的绿皮硬座车厢里写那些似是而非的信的情景，如今可以成为一幅感动我们自己的画了。她说得对，起码那一瞬间，感动过我们自己，让我们觉得信中那些即便空洞的话也慰藉我们彼此，觉得在缥缈的前方会有什么事情可能发生，即使什么也没有发生，或者发生的并不是我们所预期的。火车头喷吐的浓烟过后，并没有出现漂亮的安娜，而不过是卡西莫多。

是的！回忆中，总有一些瞬间，能温暖远去的曾经。她的话，让我想起了另一个和福利屯相关的瞬间。有一次，我从福利屯上了火车，车驶出站台，开出不一会儿，车头响起一阵响亮的汽笛。起初，我没怎么在意，以为前面有路口或是会车而必须鸣笛。后来，我发现并没有任何情况，列车在一马平川的原野上奔驰。为什么要在这时候鸣笛？我把这个疑问抛给了正给我验票的一个女列车员。她一听就笑了，反问我："你刚才没看见外面的一片白桦林吗？"

我看见了，白桦林前还有一泓透明的湖泊。难道就是为了这个而鸣笛？年轻的女列车员点头说："就为了这个，我们的司机师傅就喜欢这片白桦林。"

下一次，火车驶出福利屯，经过这片白桦林时，透过车窗，我特意看了一下，发现是很漂亮的风景，白桦林的倒影映在湖水中，拉长了影子，更加亭亭玉立。火车经过这里不过半分多钟，一闪而过，车头正响起响亮的汽笛，缭绕的白烟拂过，在那个落日熔金的黄昏，定格为一幅如列维坦作品般的油画。

  总有一些瞬间，能温暖远去的曾经。

  福利屯！

2021 年 6 月 16 日于北京细雨中

记不住的日子

作家愿意语出惊人。马尔克斯说：记得住的日子才是生活。这话说得有些苛刻，也有些绝对。起码，我是不大信服的。

记得住的日子才是生活，那么，记不住的日子就不是生活了吗？不是生活，又是什么呢？显然，马尔克斯所说记得住的日子，是指那些有意思甚至是有意义的日子，可以回味，乃至省思，甚至启人。他将生活升华，而和日子对立起来，让日子分出等级。

细想一下，如我这样庸常人的一辈子，所过的日子就是庸常的，不可能全都记不住，也不可能全都记住。而且，记得住的，总会是少于记不住的。就像这一辈子吃喝进肚子里的东西很多，如果按照以前我的每月粮食定量是三十二斤，一辈子加在一起，不算水和菜，就得有上千乃至上万斤，但真正变成营养长成我们身上的肉，不过百十来斤。如果所过的日子都能记得住，那么，会像吃喝进的东西都排泄不出去，人也就无法活下去了。

马尔克斯将记得住的日子当成一杯可以品味的咖啡或葡萄酒。普通人乃至比普通人更弱的贫寒人的日子，只能是一杯白水。

人的记忆就像筛子，总要筛下一些。筛下的，有一些，确实是鸡零狗碎，一地鸡毛，但其中一些不见得比记住的更没有意义、没有价值，只是我们不愿意让它们再像磐石一样压迫在心里，而有意识或无意识地让它们尘逐马去，烟随风散。人需要自我消化，让心理平衡，才能让日子得平衡。这或许就是阿Q精神吧？有些鸵鸟人生的意思，不会或不敢正视，只会将自己的头埋在土里。不过，如果想让有些事记住，必须让有些事不记住，这是记忆的能量守恒定律，是生活的严酷哲学。用老百姓的话说，就是拿得起，放得下。所谓拿，就是记得住；放，则是那些没必要记住的事情吧。

在北大荒的时候，我见过一位守林老人。我们农场边上，靠近七星河南岸，有一片原始次生林。老人在那里守林守了一辈子。他住在林子里的一座木刻楞房中，我们冬天去七星河修水利的路上，必要路过那座木刻楞，常会进去，烤烤火，喝口热水，吃吃他的冻酸梨，逗逗他养的一只老猫，和他说会儿闲话。他话不多，大多时候，只是听我们说。附近的村子叫底窑，清朝时是烧窑制砖的老村，那里的人们都知道老人的经历，从前清到日本鬼子入侵，前后几个朝代，他是受了不少苦的，一辈子孤苦伶仃一个人，守着一只老猫和一片老林子过活。

我一直对老人很好奇，但是，我问他什么，他都是笑笑摇摇头。后来，我调到宣传队写节目，有一段时间，专门住在底窑，每天和老人泡在一起，心想总能问出点儿什么，好写出个新颖些的忆苦思甜之类的节目。可是，他依然什么也没有对我说。不说，不等于没记住，只是不愿意说罢了。我这样揣测。和老人告别时，是个春雪消融的黄昏，他对我说："不是不愿意对你唠，真的是记不住了。"我不大相信。他望着我疑惑的眼神，又说："孩子，不是啥事都记住就好，要是都记住了，我能活到现在？"这是他对我说得最多的一次话。

守林老人的话，说实在的，当时我并没有完全听懂。五十多年过后，看到马尔克斯的这句话，忽然想起了守林老人，觉得记忆这玩意儿，对于作家来说，是一笔财富，记得住的东西，都可以化为妙笔生花的文字。对于历尽沧桑苦难的普通人来说，记得住的东西越多，恐怕真的难以熬过那漫长而跌宕的人生。我读中学的时代，经常引用列宁的一句话叫作"忘记过去，就意味着背叛"。其实，对于普通人而言，过去要是真的都记住了，过去的暗影会压迫今天的日子，会如梦魇般缠绕身边不止，也是可怕的。

前些日子，读到美国诗人萨拉·蒂斯代尔的一首题为《忘掉它》的短诗，其中有这样几句："忘掉它，永远永远。／时间是良友，它会使我们变成老年。／如果有人问起，就说已经忘记，／在很早，很早的往昔，／像花，像火，像静静的足音，／在早被遗忘的雪里。"觉得诗写的就是这位守林老人。

生活和日子，对于普通人，是一个意思。记得住的日子，是生活；记不住的日子，也是生活。实在是没有必要给生活镀上一层金边，让日子化蛹成蝶，翩翩起飞。

2021年3月1日写毕于北京雨雪之后

父亲的虚荣

作为父亲，哪怕再卑微，没有任何值得一说的丰功伟业的光荣，却都是有着虚荣之心的。如果说光荣是呈现于外的一层耀眼的光环，虚荣则是隐藏于内的一道潜流，也可以说是光环对照下的倒影。唯此，光荣与虚荣才双璧合一，成为人心理与性情的多侧面，让人的形象立体，虽有些可笑甚至可气，却也可亲可爱。

长篇小说《我父亲的光荣》，是法国著名作家、法兰西文学院院士马塞尔·帕尼奥尔"童年三部曲"的第一部。在这部小说里，有一段非常有意思，写他当中学教师的父亲的同事钓鱼迷阿尔诺先生，钓到一条大鱼，照了一张和这条大鱼的合影，把照片带到学校显摆他的战功。父亲嘲笑阿尔诺先生："让人把他和一条鱼照在一起，哪里还有什么尊严？在一切缺点中，虚荣心无疑是最滑稽可笑的了！"可是，当父亲用一杆破枪，终于击中了普罗旺斯最难以击中的林中鸟王——霸鹟的时候，也情不自禁地和霸鹟合影，记录下自己的战功。而且，像阿尔诺先生一样，也将照片带到学校去，给大家看看，显摆显摆。不仅如此，在和霸鹟合影之前，父亲摘下新买不久的鸭舌帽，特意换上了一顶旧毡帽，因为旧毡帽四周有一圈饰带，而鸭舌帽没有。父亲拔下霸鹟两根漂亮的羽毛，插在饰带上，羽毛迎风摇曳。

看，父亲的虚荣心，如此彰显。

还读过法国女作家安妮·艾诺的一本书《位置》，写的也是父亲。她的父亲经历了两次世界大战，战后开一家小酒馆，艰苦度日。身份比帕尼奥尔的父亲还要低下而卑微，但一样拥有着作为父亲的虚荣心。父亲没有文化，没有钱，他拿着二等车票却误上了头等车厢，被查票员查到后要求补足票价时被伤自尊，却还要硬装出一副驴死不倒架的样子来。一个星期天，父亲收拾旧物时手里拿着一本黄色刊物，正好被她看到。父亲的那种尴尬，以及急忙想遮掩而装作若无其事的那种虚荣难以言表。

看，父亲的虚荣，并非个别。不管什么身份什么出身什么地位的父亲，都有着大同小异的虚荣心。只不过，艾诺的父亲手里拿着一本黄色刊物，帕尼奥尔的父亲手里拿着一张和霸鹟的合影照片。刊物也好，照片也好，都那么恰到好处地成为父亲虚荣心的象征物，让看不见的虚荣心有了看得见摸得着的形象。

父亲的虚荣心，并不是那么面目可憎，或如帕尼奥尔的父亲曾经鄙夷过的"滑稽可笑"，而是在这样的"滑稽可笑"中显得是那样朴素动人。父亲的虚荣心，给予我们的感觉，尽管并非丝绸华丽的触感，却是亚麻布给予我们的肌肤相亲的温煦。为父亲的光荣而骄傲，也应该尊重父亲的虚荣，光荣和虚荣，是父亲天空中的太阳和月亮。

读完这两部小说，我想起四十八年前的一桩往事，那时，我还在北大荒插队，有了一位女朋友，是天津知青。那一年的夏天，我们两人一起回家探亲，商量好她到天津安顿好，抽时间来北京看看我的父母。她来北京那天，我从火车站接她回到家，发现只有母亲在家。我问母亲我爸哪儿去了，她告诉我："给你买东西去了，这就回来！"正说着，父亲的手里拎着一网兜水果，已经走进院子。那是父亲和我的女友第一次见面，也是唯一一次见面。父亲没有进屋，就在院里的自来水龙头前接了一盆水，把网兜里水果倒进盆中洗了起来，然后端进屋里，让她吃水果。

如果是在平常的日子里，买来水果，洗干净，请我的女友吃，算不得什么。我心里知道，那却是父亲最不堪的日子，因为他解放以前参加过国民党，还是国民党部队里的少校军需官，在我去北大荒之后，他从老屋被赶到这两间破旧逼仄的小屋，而且，还被驱赶去修防空洞。这一天，他是特意请了假，先将干活的工作服和手套藏好，再出门买水果，来迎接我的女友。我明白，买来的这些水果，是为了遮掩一下当时家里的窘迫，也是为了满足他当时的虚荣心。

读过帕尼奥尔和艾诺的书后，四十八年前，父亲手里拎回的那一网兜水果，和帕尼奥尔父亲手里拿着的那张照片、艾诺父亲手里拿着的那本刊物，一再浮现、叠印在我的眼前。

其实，父亲买的水果不多，只是几个桃、几个梨，还有两小串葡萄。一串是玫瑰香紫葡萄，一串是马奶子白葡萄。我记得那么清晰。

2021 年 3 月 14 日于北京细雨中

颠簸的记忆

没错，那一年，我9岁。我记得很清楚，那时，我正上小学二年级，那一年的暑假，我坐火车去包头看姐姐，火车第一次驶进我的生命里。虽然那时我家住在前门外，紧靠着老的前门火车站，成天看见火车拉响着汽笛跑来跑去，但我还没坐过火车。由于姐姐就在铁路局工作，我对火车充满感情。因为那火车可以带我去看姐姐，就对火车更充满向往。

几乎天天我都吵着要去看姐姐。姐姐已经离开北京4年了，她在包头结了婚，有了孩子。我觉得那时我最想的就是姐姐。当然，姐姐也想我，她对爸爸说："就让复兴来吧，上车托付给列车员应该没问题。"爸爸觉得还是有问题。怎么那么巧，我们大院里有一个大姐姐那一年暑假刚刚从幼儿师范学校毕业，想在工作之前去呼和浩特看望她的哥哥。爸爸把我托付给了她。我很愿意和她一起，因为她长得很漂亮，还会拉手风琴、唱歌。平常我们小孩子玩的时候，我总是希望她能够也来和我们一起玩，只是她总是很忙，即使不忙，她也总是很高傲高贵的样子，不大瞧得起我们小孩子。现在，她终于和我一起坐火车了，要坐整整一夜外带半个白天的火车。

我们一起坐上了火车，是硬座，那时的硬座是真正的硬座，光光的木板，一片一片地拼起来，黄色的漆很亮。车开了，能看到火车头喷出的白烟，袅袅地飘荡在我们的窗前。一切显得那么新鲜。我们上了车没多久天就黑了，当车窗外如流萤般扑闪而过的灯光和过山洞幽深莫测的新奇过去之后，我糊里糊涂地睡着了，一觉醒来发现自己的头倒在她的怀里。车厢微醺似的晃动着，她也睡着了，能够感觉到她均匀的呼吸像河面上冒出的温馨的气泡，一起一伏。那时，我特别幸福，因为这在平常的日子里是根本不敢想象的事情。大概我的醒来惊动了她，她睁开了眼睛，我马上有些不好意思起来，她却伸过一只胳膊搂住我的肩膀轻轻地说了句："就这么躺着别动，睡吧！"

　　第二天天亮的时候，我醒了，发现还躺在她的怀里。她拍拍我的头说："醒了，快吃点儿东西！"可是，我吃了她准备好的东西就开始吐。夜里睡觉不觉得什么，醒来后晕车的感觉潮水似的一阵阵袭来，让我把吃的东西全部都吐出来还不解气，我只觉得自己如此狼狈的样子在她的面前没有了一点儿面子。她开始慌乱起来，给我捶背，给我倒水。列车员也来了，帮助打扫，一直忙到呼和浩特就要到了。火车缓缓进站的时候，她再一次嘱咐列车员，嘱咐我，然后提着行李向车门走去。她下车后还特意走到车窗前再次嘱咐我，因为还有三四个小时我才能够到达包头，而这三四个小时只剩下我孤零零的一个人了。

　　我已经忘记了那三四个小时是怎么度过的了，没有了大姐姐陪伴的火车旅程只剩下了眩晕的感觉。一个9岁的孩子，就这样完成了独闯京包线的壮举。

　　以后，京包线成了我许多个假期的必走之路，那几次不同时刻的列车对我来说越来越不陌生，而晕车随童年的逝去而逝去了，代之在心中清晰记住的是那沿途每一个站的站名，哪怕只是柴沟堡、卓资山、察素齐、土贵乌拉这样的小站名。随着姐姐在京包线上的迁徙，我跑遍了临河、集宁和呼和浩特，沿线播撒种子似的，火车帮我收藏着对姐姐的思念。一直到"文化大革命"爆发，我就是到呼和浩特和姐姐告别，然后去了北大荒。

那一列北上的列车，终点遥远得比塞外的姐姐那里还要遥远，载走我整整6年的青春时光。去的时候，还没有显得远，而每一次从那里回来总觉得天远地远，好像路没有了尽头。

那时，每一次回家，都先要坐上一个白天的汽车到达一个叫作福利屯的小火车站，然后坐上一天蜗牛一样的慢车才能到佳木斯，在那里换乘到达哈尔滨的慢车，再到哈尔滨换乘到达北京的快车。一切顺利的话，起码也要三天三夜才能够回到家。路远时间长都在其次，关键是很多时候根本买不到票，而探亲假和兜里的钱都是有数的，不允许我在外面耽搁，因为多耽搁一天就多了一天的花销少了一天的假期。那是我最着急的时候了。

那一年的夏天，我和一个哈尔滨的知青一起回家，在佳木斯买不到火车票，我焦急万分，他对我说："你别急，我有法子。"他是一个大个头的小伙子，以打架出名，我怕他惹事。他一摆手："你放心，这地方我比你熟！"说着，他拉着我从火车站的售票处走出了老远，一直走到铁轨交叉纵横的地方，货车、列车和破车杂陈，像是一个停车场。见我有些疑惑，他说："你跟我走保你今天走成！我前年在佳木斯干了整整一冬，给咱们兵团运木头，这地方我贼熟！别说买不着火车票，就是买得着火车票我也不买，就从这里上车，乖乖拉咱回家！"然后他带我穿过那些杂七杂八的车厢，看准了车牌子上写着"佳木斯——哈尔滨"的一挂车，指指车牌子对我说："上，就这辆！"上了空荡荡的车厢，他告诉我自己对这里轻车熟路，要不是今天跟着我非要规规矩矩买票，他早就奔这儿来了。

那车要在黄昏的时候才能够进站开车。我们俩在车里面一个人占一排长椅子整整眯了一觉，直到车厢轻轻一晃动才醒来。这时候，列车员走了过来，横横地冲我们喊道："谁让你们上来的？"他立刻也横横地回嘴道："列车长！"列车员便也不再说什么，没再理我们。而当列车长走过来的时候，我有些紧张，生怕问完我们再和列车员对质穿了帮，但列车长根本连问都没问，只是看了看我们就走了。一直到列车开进了站台，我们还真的相安无事。他跳下车，在站台的小卖部买了点儿面包跑回来说："现在你该踏实了吧？吃吧，吃饱了睡上一觉，明天早上就到哈尔滨了！"后来，他告诉我他这样如法炮制坐过好几次车都没问题。我问他为什么有这样大的把握，他说："你告诉列车员是列车长让咱们上的车，列车员不说什么了，列车长来了一看你都在那儿坐老半天了，肯定是列车员允许了，还问什么？再说了，他们谁家里没有插队的知青？一看咱俩这一身打扮还看不出来是知青，还跟咱较劲儿？"

在那些路远天长的日子里，火车没有给我留下任何好印象。在无边的北大荒的荒草甸子里，想家、回家，成了心头常常响起的主旋律，渴望见到绿色的车厢又怕见到绿色的车厢，成了那时的一种说不出的痛。因为只要一见到那绿色的车厢，对于我来说家就等于近在咫尺了，即使路途再遥远，它马上可以拉我回家了；而一想到探亲假总是有数的，再好的节目总是要收尾的，还得坐上它再回到北大荒去，心里对那绿色的车厢总有一种畏惧的感觉，以致我后来只要一见到甚至一想到那绿色的车厢，头就疼。

也许，人就容易好了伤疤忘了疼，时过境迁之后，过去的日子现在想起来也有几分回味，毕竟那都是童年和青春时节的记忆，即使是痛苦的，也是美好的。

记得在北大荒插队6年之后我回到了北京，再也不用坐那旅途遥远得几乎到了天尽头的火车了，心里有一种暗暗的庆幸。但是，有一次朋友借我一本《巴乌斯托夫斯基选集》，又让我禁不住想起了火车，才发现火车并不像我想象的那样可恶。那里面有一篇《雨蒙蒙的黎明》的小说，讲的是一个叫作库兹明的少校，在战后回家的途中给自己的一个战友的妻子送一封平安家书。库兹明在那个雨蒙蒙的黎明对战友的妻子讲述了自己乘坐火车时那瞬间的感受。即使读这篇小说已经过去了快30年了，我记得还是那样清楚，他说："您有时大约也会遇到这类情形的。隔着火车车窗，您会忽然看到白桦树林里的一片空地，秋天的游丝迎着太阳白闪闪地放光，于是您就想半路跳下火车，在这片空地上留下来。可是火车一直不停地走过去了。您把身子探出窗外朝后瞧，您看见那些密林、草地、马群和林中小路都——倒退开去，您听到一片含混不清的微响，是什么东西在响——不明白。也许，是森林，也许，是空气，或者是电线的嗡嗡声，也或者是列车走过，碰得铁轨响。转瞬间就这样一闪而过，可是您一生都会记得这情景。"

巴乌斯托夫斯基的描写如箭一样击中了我的心。在那6年中每次从北大荒回家的迢迢途中，隔着火车车窗望着窗外的东北原野、森林以及松花江，无论是在冬天的白雪茫茫或是在春天的回黄转绿之中，不也有过类似的情景吗？那曾经美好的一切并不因为我们的痛苦就不存在，就如同痛苦刻进我们生命的年轮里一样，那些转瞬即逝的美好也刻进我们生命的回忆里，在以后的岁月里响起了虽不嘹亮却难忘的回声。

去年，我听美国摇滚老歌手汤姆·威兹的老歌，其中一首《火车之歌》，听得让我心里一动，不是滋味。他用他那苍老而浑厚的声音这样唱道："我喝光了我每次借来的所有的钱……现在夜晚的黑色就像乌鸦，一列火车要带我离开这里，却不能再带我回家。那些使我梦想成空的东西，正在火车站彷徨。我从十万英里远以外的地方来，没有带一样东西给你看……"他唱得是那样凄婉苍凉,火车真的是这样吗?不是带你去哪怕再遥远也能够回到的温馨的家,就是让你双手空空而无家可归?想想,在那些从北大荒回家或从家回北大荒的火车上,我们的心情不正如同汤姆·威兹唱的一样颓然而凄迷?

火车带给我的回忆,也许就是汤姆·威兹和巴乌斯托夫斯基的矛盾体。

火车颠簸着一代人抹不去的记忆。

2002年7月4日于北京

地平线，遥远的地平线

平安报与故人知

家对门一楼的小院里，种着两株杏树，今年开花比往年早一个多星期，根本不管新冠肺炎疫情肆虐全球，烂烂漫漫，满枝满桠，开得没心没肺。这家主人，每年春节前都会挈妇将雏回老家过年，破五后回来。今年破五过了，元宵节过了，春分都过了，清明也过了，他们还没能赶回家，不知是在哪里受阻。屋子里始终是暗的，晚上没见到灯亮，月色中显得有些凄清。小院里，杏花开了，落了，一地缤纷如雪，又被风吹走，吹得干干净净。小院一直寂寞着，等候主人的归来。

在这样的非常时期，没有什么比平安归来更令人期待。毕竟是家，平安归家，是世上所有人心底最大的期盼。

闭门宅家，我一天天地看着对门的杏花从盛开到凋零，到绿叶满枝，心里期待着这家人一切安好。其实，也是对所有人的期待。我的孩子在遥远的国外，很多朋友在外地，甚至有人就在最让人牵心揪肺的武汉、襄阳、宜昌等地，可谓新冠肺炎疫情的前线。怎么能不充满期待与祈愿呢？

无事可做，翻书乱读，消磨时日，忽然发现我国古诗词中，写到平安的诗句非常多。这或许是因为心有所想才会句有所读吧。不过，确实俯拾皆是，可见平安是从古至今人们心心相通的期待与祈愿。如果做大数据的统计，猜想"平安"会是在诗词中出现非常多的词，可以和"山河""明月""风雨""鱼雁""香草""美人"这些表达中国独有意象的词汇相匹敌。

"种竹今逾万个，风枝静，日报平安。"这是宋代一个叫葛立方的词人写的一阕并不知名的小令，但竹报平安是我国尽人皆知的象征。这句词，写的是平常日子里的景象，其中一个"静"字，道出这样平和居家日子的闲适。如果在平常的日子里读，我会随手就翻过去，不会仔细看，觉得写得太水，大白话，没什么味道。如今读来，却让我向往，更让我感叹。日日足不出户宅在家中，没有任何人往来，屋里屋外，同样也是一个"静"字，心里却暴风骤雨。电视屏幕中世界各地出现的确诊人数惊心动魄地频频增加，会让这个"静"字倾翻，而让"平安"二字格外升高，让人多么期盼。

"身投河朔饮君酒，家在茂陵平安否？"这是唐代王维的望乡之诗。远在他乡，喝着别人的酒，惦记着家人的平安，酒中该是何等的滋味。

"自别箫郎锦帐寒，凤楼日日望平安。"这是宋代陈允平的怀远之诗，写闺中情思。"从今日望平安书，我欲灯前手亲拆。"这是放翁的诗，一样的怀人念远，对朋友的牵挂，对平安书信的渴望。他们都强调了对平安日日的渴望与期盼。如果仅仅是和平时期日日时光的阻隔，便只是日常的情意缠绵，甚至是儿女情长；如果是灾难的阻隔，那么平安的分量便会沉重无比。"书尺里，但平安二字，多少深长。"同样是平安书信，同样是宋代的词人，刘克庄的这句词，多少道出了这样的分量。

我所能读到的关于平安的古典诗词中，最让我感动并难忘的，是岑参的"马上相逢无纸笔，凭君传语报平安"。这是小时候就读过的诗句,那种在战争或离乱之中偶遇故人,无纸无笔,急迫匆忙之中让人传个话给家人报个平安的情景,什么时候想起,都让人心动。比起同属于唐代诗人的张籍的诗句"巡边使客行应早,欲问平安无使来",要好;比起元代顾德润的"归去难,修一缄回两字报平安",要好不知多少。

张、顾、岑三位,同样是归去难,一个只是守株待兔般空等使者的到来,好传递平安家书;一个是已经写好哪怕只有两个字的平安书信;一个是偶然与归家的故人相逢,请求转达平安的口信。一个是让平安如同栖息枝头的鸟;一个则是让鸟迫不及待地放飞家中;一个是根本没有鸟,只是心意凭空传递,如同风看不见,却让风吹拂在你的脸庞和心间。平安,让相隔的万重关山显得多么沉重。岑参的好,是因为哪怕只得到平安的口信,也可以抚慰我们的内心,它会比接到真正的平安书信更让我们感动,并充满想象。平安,在虚实之间,在距离之间,变得那样绵长,是我们心底的一种期盼和祈愿。

同在望乡或怀远之中渴望平安消息一样,有关得到平安消息和终于平安归家的诗词,也有很多。"平安消息好,看到岭头梅",这是文天祥的诗句;"旧赏园林,喜无风雨,春鸟报平安",这是周邦彦的词;"难忘使君后日,便一花一草报平安",这是辛弃疾的词。无论是得到平安消息,还是平安归来,他们都是将平安与"梅""春鸟""一花一草"那些美好的意象联系在一起。在这个动荡的世界上,平安,是最美好的一种意象,一种无价的向往。因为平安是和无价的生命紧密联系在一起的,任何财富与权势,都无法与之相比。"不惜千金买宝刀,貂裘换酒也堪豪",也抵不上"一花一草报平安"。

关于平安的近代诗词中,我最喜爱的是鲁迅先生和陈寅恪先生的两首绝句。

"我亦无诗送归棹,但从心底祝平安。"这是鲁迅先生1932年送给归国的日本友人的诗句。这一年，日本侵略者将战火烧到上海，战争烽火中，人身的安危同那随海浪颠簸动荡的归棹一样，令人担忧，这使得心中的祈愿是那样一言难尽，意味深长。

"多少柔条摇落后，平安报与故人知。"这是陈寅恪1957年写给妻子的诗句。这一年，陈寅恪在广州中山大学教书，校园里，印度象鼻竹结实大如梨，妻子为竹作画，此为陈题画诗中的一联。这一年，他刚经历"反右斗争"，其平安一联是写给妻子也是告与朋友的。其中"柔条"和粗壮的象鼻竹毫不相称的对比，让我们看到劫后余生的平安，是多么难能可贵，而让人们格外喟叹与珍重。陈寅恪为妻子写了两首题画诗，另一首尾联写道："留得春风应有意，莫教绿鬓负年时。"说的正是这珍重之意。可以说，珍重，是平安之后的延长线。平安，便有了失而复得之意，也有了得而再失的警醒。

人生沉浮，世事跌宕，无论在什么样的时代背景与生活境遇下，无论在什么样的动荡与变化中，哪怕我们早已经从农耕时代飞跃进电子时代，从古到今，平安都是为世界所共情共生的一种期盼与祈愿，万古不变。特别是在如今新冠肺炎疫情全球蔓延之际，这种对平安的期盼与祈愿，更是让人把心紧紧攥在胸口。无论富贵贫贱，无论哪个种族、国家，无论是奔波在前线的战士还是居家的普通百姓，没有什么是比平安更重要的。"但从心底祝平安"，是我们的期盼；"平安报与故人知"，是我们的祈愿。

我一直隐隐悬着的心一下子放下来了——前两天的晚上，家对门一楼的房间里亮起了灯，橘黄色的灯光，明亮地洒满他们家的阳台。主人终于平安地回家了。尽管错过了今年小院里杏花如雪盛开，但那两株杏树，已经绿荫如盖，也算是替他们守在家中，"一花一草报平安"了。

2020年4月19日谷雨于北京

地平线，遥远的地平线

在城市，已经看不到地平线。被高楼大厦遮挡，地平线在遥远的天边。地平线，对于人们似乎可有可无，没有什么价值和意义，看到看不到，不当吃不当穿的，又有什么关系呢？

有时候，我会想，地平线，真的对于我们没有什么价值和意义吗？如果说有，它的价值和意义，在哪里呢？我说不清。我们现在所说的价值和意义，都是有非常明确指向的，大到历史与文化，小到每平方米建筑面积，以至更小到柴米油盐。地平线，看到看不到，不当吃不当穿的，又有什么关系呢？

是，关系不大。但不能说一点关系都没有。

我看到地平线最多的时候，是在北大荒，几乎每天都可以看到。无论出工到田野，或者垦荒到荒原，或者收秋在场院，都可以看到遥远的地平线，它连接着田野荒原的尽头，和天边紧紧地镶嵌在一起。天气好的时候，地和天相连的那一线，是笔直的，是阔大的，像天和地在亲密地接吻。天气不好的时候，那一线的衔接是灰色的，是暗淡的，即使雷雨天，地平线有惊鸿一瞥的闪电，却也是平静的，安稳地等着电闪雷鸣消失，看不出它一点的情绪波动。这便是大自然，真正的宠辱不惊，不会像我们人一样，踩着尾巴，头就会跟着摇晃，大惊小怪，或失魂落魄。

早晨或黄昏时候的地平线最为漂亮，有晨曦和晚霞，有朝阳和落日，地平线的色彩格外灿烂。而且，天空中呈现出的所有灿烂，都是从那里升起，在那里落幕的。有一年的麦收，我们打夜班，连夜把地里的麦子抢收，拉回场院里来。坐在垛满高高的金色麦秸的马车上，迎着东方走，看见了地平线是怎样一点点地由暗变青，怎样由鱼肚白变成了玫瑰红，那一刻的地平线，真的是诗情浓郁，像是变化万千的舞台，上演着魔术般的童话。

1974年的初春，我离开北大荒，队上派了辆牛车送我到农场的场部，赶车的是我的中学同学。黄昏时分，春雪还未化尽，牛车嘎嘎悠悠地走得很慢，似乎依依不舍。我不住地回头看着生活了整整六年的二队，忽然看见一轮橙红色的灯笼一样巨大的落日，在以很快的速度下沉，一直沉落在地平线之外，光芒还弥散在四围。我生活了六年的二队，就在这一片金黄色和橙红色的光晕包围之中。第一次感到，地平线离我竟是那样近，近得是那样亲。

第二天早晨，天气忽然变了，细碎的雪花飘飘洒洒。那一天，我的女朋友送我上了一辆敞篷的解放牌大卡车的后车兜里。分手在即，不知未来，来不及缠绵悱恻，甚至连挥一下手都没有来得及，车子已经驶动，而且，吃凉不管酸地越开越快。很快，她的身影变小，和地平线融在一起。春雪似乎排着整齐的队伍，从地平线一点点地飘曳过来。我看见，她顶着雪花在跑，一点一点，变成了一片小雪花，淹没在茫茫的雪原之中。地平线，似乎在我的周围，像一个圆圈，像如来佛的一只巨手，紧紧地围裹着我，寒冷而凄切，不动声色，又幽深莫测。

离开北大荒，回到了北京，我再也没有看见过这样开阔这样让我感慨又难忘的地平线。

再一次和地平线邂逅，是几十年之后，在遥远的戈壁滩。那一年的夏天，我去青海柴达木盆地的西部，寻访阿吉老人之墓。老人是乌孜别克族，是第一位带领勘探队到青海寻找石油的向导。墓地在尕斯库勒湖畔，湖水全部来自昆仑山和阿尔金山融化的雪水，真的清澈如泪。湖水的尽头，便是地平线。站在湖边，遥望地平线，如同看大海和天相连，水天荡漾，天如水，水如天，是与别处不一样的感觉。

几十年前，一群和我年龄差不多的北京学生，也来到这里。那时候，讲究"上山下乡"，他们支援"三线建设"，来到这里当石油工人。他们和我一样，也是到这里来寻访阿吉老人。他们和我一样，也是站在尕斯库勒湖边，被那水天相连的地平线所吸引。和我不一样的是，他们竟然脱下鞋，挽起裤腿，走进湖水之中，向着那遥远的地平线走去。在那个时代，我们这一代年轻人身上膨胀着很多激情，便毫不犹豫地泼洒出最可贵的青春。这一群年轻人被地平线所诱惑，他们无一幸免地被地平线所吞没，全部沉没于尕斯库勒湖中。想起这一切，地平线，给予我的感觉，竟是那样复杂，一言难尽。

前些天，看到一篇文章，介绍画家何多苓的近况。何多苓的年龄，和我们这一代人差不多，我们经历过同样的岁月颠簸。谈到最近的画作时候，他说，以前风景画中要有地平线，必须要用地平线体现一种诗意。他说，现在，不会了，不必怀念年轻的自己，现在，他会更自由地画。

他的这番说辞，肯定有他历经况味沧桑之后的感悟。我想起他的那幅有名的《春风已经苏醒》。记得刚粉碎"四人帮"不久，在美术馆看到这幅油画的时候，很感动。那种忧郁的调子，那种迷茫又充满渴望的情感，那种时代交替之际的隐喻，和同样出自四川的画家罗中立的那幅名画《父亲》，决然不同。画中那个坐在草地上、咬着手指的小姑娘，望着画面之外的什么地方。什么地方呢？是遥远的地平线。

无论我们经历了多少苦难、迷茫、失落，乃至付出整个青春与生命的代价，还是要相信，地平线是存在的。哪怕它在画面之外。

2019年元旦试笔于北京

胡同的声音

一

胡同的声音，就是胡同里的叫卖声，北京人管它叫吆喝声。稍微上了点儿年纪的北京人，谁没有在胡同里听见过吆喝声呢！有了穿街走巷的小贩那些花样迭出的吆喝声，才让一直安静甚至有点儿死气沉沉的胡同，一下子有了生气，就像安徒生童话里说的，一只手轻轻地一摸，一朵冻僵的玫瑰花就活了过来，伸展开了它的花瓣。没有了吆喝声，胡同真的就像没有了魂儿。全是宽敞的大马路，路这边房子里的人，要到路那边房子里去，得过长长的过街天桥，当然，就听不见了吆喝声，只剩下了汽车往来奔跑的喧嚣声。

关于老北京胡同的吆喝声，张恨水曾经充满感情地这样写过："我也走过不少的南北码头，所听到的小贩吆喝声，没有任何一地能赛过北平的。北平小贩的吆喝声，复杂而谐和，无论其是昼是夜，是寒是暑，都能给予听者一种深刻的印象，虽然这里面有部分是极简单的，如'羊头肉''卤肥鸡'之类，可是他们能在声调上，助字句之不足。至于字句多的，那一份优美，就举不胜举，有的简直是一首歌谣。"

张恨水不是北京人，但他说得真好。没错，有的吆喝声，真的就是一首好听又上口的歌谣。

比如，过年的时候，卖年画春联小贩的吆喝："街门对，屋门对，买横批，饶喜字。揭门神，请灶王，挂钱儿，闹几张。买的买，捎的捎，都是好纸好颜料。东一张，西一张，贴在屋里亮堂堂；臭虫他一见心欢喜，今年盖下过年的房……"合辙押韵，朗朗上口。这里吆喝的"闹"就是买的意思，他不说买，而是说"闹"；这里说的"过年"，不是说眼前过春节的过年，说的是来年，是下一年。他不这么说，而是说"过年"，都是只有老北京人听着才能够体会得到的亲切劲儿。

再比如，那年月火柴还没有行市，有卖火镰的小贩沿街这样吆喝他卖的火镰好使："火绒子火石片火镰，一打就抽烟，两打不要钱——"真的像是歌谣一样，生动形象，又悦耳上口，一听就记住了。

再比如，老北京有一种卖糖唖麦的儿童小食品的小贩，吆喝起来别有一番味道："姑娘吃了我的糖唖麦，又会扎花又会纺线；小秃儿吃了我的糖唖麦，明天长短发后天扎小辫……"夸张，却让人感到亲切，不管是大人还是孩子听了，都能会心一笑。

再比如，冬天卖白薯的小贩也能吆喝出花儿来："栗子味儿的白糖来——是栗子味儿的白薯来，烫手来，蒸化了，锅底儿，赛过糖来，喝了蜜了，蒸透了，白薯来，真热乎呀，白薯来……"一个烀白薯，让他一唱三叠，愣是吆喝成了珍馐美味。

再比如，秋天卖秋果的小贩吆喝："秋来的，海棠来，没有虫儿的来；黑的来，糖枣来，没有核儿的来……"用最简单却又最形象的语音，把要卖的海棠和黑枣的优点突出了。

再比如，夏天卖酸梅汤的小贩吆喝声："又解渴，又带凉，又加玫瑰，又加糖，不信您就闹一碗尝一尝！"小贩手里打着小铜板做的冰盏，就跟说快板书一样，颇有些自得其乐的意思。

还有卖油条的小贩的吆喝，更是绝了："炸了一个脆咧，烹得一个焦咧，像个小粮船儿的咧，好大的个儿咧，锅里炸的果咧，油又香咧，面又白咧，扔在锅里就漂起来咧，白又胖咧胖又白咧，赛过了烧鹅的咧——一个大个儿的油炸果咧！"极尽夸张，用了各种比喻，在语文课上，可以作为教孩子修辞方法的教材了。

真的太遗憾了，这些吆喝声，由于年龄的限制，我没听到过。这几个例子，都是从光绪年间蔡省吾的《一岁货声》中看到的。

在这本老书中，还有这样一种吆喝，让我格外感兴趣，是卖盆的："卖小罐呕，喂猫的浅呕，舀水的罐呕，澄浆的盆啊啊哦……"引我兴趣的，在于这样的吆喝声后，还要有一段注解，卖盆的小贩"一边学老鸹打架，先叫早，后争窝，末请群鸦对谈，嬉笑、怒骂中，有解和意，无不笑者"。这样吆喝声就更为丰富了，夹带着民间艺术，简直就是口技，没有一点儿能耐的，还真的卖不了这些看似简单的盆。所以，有俗话说是，卖盆的——满嘴是词（瓷）儿！

这些歌谣一样美丽动听的吆喝声，随着胡同的一天一天逐步消失，也快消失殆尽了。

我听到的吆喝声，从小时候，一直延续到二十世纪七十年代末。那时候，听到最多的是剃头师傅伴随着唤头的声响的吆喝声，是他们手里摇着长长一串的铁片，或者是吹着一把小铜号，叫喊着"磨剪子来——抢菜刀"的吆喝声。所谓抢菜刀，是给刀开刃。每每听到这样的叫喊，我们一帮孩子就会站在院子里，模仿着磨剪子师傅的样子，一手捂着耳朵，齐声吆喝起来："磨剪子来——抢菜刀"，故意和磨剪子的师傅比赛谁的嗓门儿高。那是我们在找乐儿，也是我们的童谣。

那时候，卖冰棍儿的推着小推车，有的老太太卖冰棍，索性把她家的婴儿推车推了出来，是那种藤条编的小推车。没有冰柜，冰棍儿都是装在大号敞口的暖水瓶里，再在外面裹上层棉被。"冰棍儿——败火，红果冰棍儿，三分一根儿！"短促，沙哑，有力，成了我最熟悉也最亲切的吆喝声。我们胡同里卖冰棍的基本都是老太太，即使她们掉了牙豁了缝儿的嘴巴吆喝出来的声音，再含混不清，我们也能一耳朵就听得出来是卖冰棍的来了，伸手冲着家长要完钱，一阵风似的跑出院子。

七十年代后期，还有木匠扛着工具在胡同里吆喝："打桌椅板凳，打大衣柜来……"在《一岁货声》中，也有这样木匠的吆喝声，蔡省吾将其放在"工艺"一栏里，即工艺人行列里，和一般的小商小贩有区别。《一岁货声》这样写他们的吆喝声，和我听到的不尽一样："收拾桌椅板凳！"这里所说的"收拾"，更多指的是"修理"的意思。在后面特别注明："在行者，背荆筐，带小家具者，会雕刻其器，统括二十八宿。其外行者，背板匣。"这里说的"带小家具"，我以为应该是"带小工具"之误。这里说的在行者与外行者，很像齐白石说他年轻当木匠时有小器作和大器作之分。一个"背荆筐"，一个"背板匣"，将这种区分说得很是形象。

那时候，我插队回北京不久，从北大荒带回来不少黄檗罗木，是当地老乡送我的，对我说："回去结婚时好打大衣柜用。"他们替我想得很周到，那时候，买什么都需要票证，大衣柜更是紧俏的商品。听见木匠的吆喝声，我跑了出去，发现是个外地来京的木匠，他背着个简单的背包，里面装着锯斧凿刨等简单的工具。我把他请进院子，让他给我打了一个大衣柜，一个写字台，一连干了几天的活儿。

记得很清楚，那木匠一边打这个大衣柜，一边对我说："你这木料可够好的了，这可都是部队用来做枪托的料呢，打大衣柜可有点儿糟践材料了！"我告诉他，着急准备结婚用，要不也舍不得。那时候，流行一个顺口溜："抽烟不顶事儿，冒沫儿（指喝啤酒）顶一阵儿，要想办点儿事，还得大衣柜儿。"这个大衣柜打好了，一直到结完婚了，都有孩子了，柜门还没安上玻璃。买玻璃得要票，我弄不到票。

二

我对胡同里的吆喝声，没有研究，但对这样一些吆喝声特别感兴趣——

卖花生——芝麻酱味儿的。

卖烤白薯——栗子味儿的。

卖萝卜——赛梨味儿。

卖甜瓜——冰激凌味儿。

卖西瓜——块儿大，瓢儿高，月饼馅的来！要不就是——管打破的西瓜，冰核儿的来哎！要不就是——斗大的西瓜，船大的块儿，青皮红瓤，杀口的蜜呀！还有这样吆喝的——块儿大呀，瓢就多，错认的蜜蜂儿去搭窝，亚赛过通州的小凉船的来哎！

这样的吆喝声，真的体现了吆喝的艺术，它们绝不做梗着脖子青筋直蹦直白的喊叫，而总能恰如其分地找到和他们要卖的东西相对衬、相和谐的另一种比喻，透着几分幽默，又透着一丝的狡黠，让自己所卖的东西一下子活灵活现，吸引众人。

尤其是卖西瓜的。那时候，哪个街头巷尾，不站着个卖西瓜的小摊，要想吸引人们到自家的摊子前买瓜，吆喝声就得与众不同。你说是月饼馅的一个甜，我就说是带冰核儿的一个凉；你说是蜜一般的甜，我就说是蜜蜂跑到我的西瓜错搭了窝——更甜，我还得特别再加上一句，我的西瓜块儿大得赛过了小凉船，而且，是从通州来的小凉船。这是大运河从通州过来，一直能流到大通桥下（如今的东便门角楼下）的情景，是带有指定性的具体场景，是那时候人们都看得见的熟悉情景，才会让人感到亲切，如在目前。

那时候，站在胡同里，不买西瓜，光看他们耍着芭蕉扇，亮开了大嗓门儿吆喝，也非常有趣。这些吆喝是那时候我听到的胡同里的演唱会，小贩们个个嘴皮子赛得过如今的郭德纲。

除了《一岁货声》，在其他书中，只要是看见了这样的吆喝声，我便赶忙记下来，曾经做过大量的笔记。我觉得这应该属于民间艺术的一种，是吆喝声中的高级形式，是研究老北京文化不可或缺的一种带有声音的注脚。

比如卖菜的小贩，卖韭菜的喊"野鸡脖儿的盖韭来——"；卖菠菜的喊"火芽儿的菠菜来——"；卖大白萝卜的喊"象牙白的萝卜来，辣来换来——"。小贩们不会只是单摆浮搁地喊出所卖菜的菜名，总要给蔬菜前面加一个修饰语，就像往头上加一顶漂亮的帽子。如果只是吆喝所卖菜的菜名，也得像是侯宝林相声里说的"茄子扁豆架冬瓜，胡萝卜卞萝卜白萝卜水萝卜带嫩秧的小萝卜……"一串连在一起的贯口，一口气吆喝出来，水银泻地。

比如卖桃的小贩，同样不会只是吆喝"卖桃来，谁买桃来——"，而是要吆喝"玛瑙红的蜜桃耶来——""大叶白的蜜桃呀——""鹦鹉嘴的鲜桃哎——""王母娘娘的大蟠桃来——""一汪水儿的大蜜桃，酸来肉来还又换来——"……

即便只是一个简单的五月鲜的嫩玉米，小贩也得这样吆喝才行："活了秧儿的嫩来，十里香粥的热的咧——"

即便只是一个小小的甜瓜，小贩也得这样吆喝才行："甘蔗味儿的，旱秧的，白沙蜜的，好吃来——"

即便只是很普通的马牙枣呢，小贩也得特别吆喝说："树熟的大红枣来——"强调他的枣绝对不是捂红的。

哪怕只是一碗豆腐脑呢，小贩也要加上一句："宽卤的豆腐脑，热的呀——"一个"宽"字，一个"热"字，把他家的豆腐脑好的地方，言简意赅地说出来，说得突出又恰当，吆喝得抑扬顿挫，那么诱人。

哪怕是冬天里到处都在卖的糖葫芦呢，小贩们都会这样叫喊："冰糖葫芦，刚蘸得的——"让你听得出"冰糖"和"刚蘸得"，是他要突出的效果。

哪怕只是清一色的关东糖呢，小贩也得把自家的糖夸上一番："赛白玉的关东糖哟——"这夸得有点儿过分，关东糖带有浅浅的奶黄色，哪里会赛过白玉一样的白呢？但是，他的夸张，会让你会心一笑，即使不走过去买，也会佩服他真的是能够想得出来这样比喻，把一根稻草说成金条一样，把一块关东糖说成了汉白玉，夸得那样的溜光水滑。

再看卖的哪怕是再简单的樱桃呢，再笨拙的小贩，也会加上一个修饰词："带把儿的樱桃来——"想到齐白石画的那些鲜艳欲滴的樱桃，哪一个不是带把儿的呢？你就得佩服，这些小贩们的审美心理，是和齐白石一样的。一个"带把儿"的樱桃，就像是带露折花一样，可爱了起来。

我真的对这样的吆喝声充满兴趣，对这些小贩很是佩服。他们不仅将货声吆喝得那样悠扬悦耳，还让这样吆喝的词语那样有琢磨的嚼劲儿。要让胡同里有了魂儿，所要求的元素有多种，不可否认的是，吆喝声是其中重要的一种。可以设想，在以往的岁月里，如果缺少了这样丰富多彩的吆喝声，胡同里只是风声雨声、倒泔水的哗哗声、老娘们儿吵架的詈骂声，该会是一种什么样的成色？该会少了多少精神气儿？如今的老人们又会少了多少回忆？

三

　　这样的吆喝声，让胡同一下子色彩明亮起来、生动起来，让我想起我的童年和少年。记得那时候有打糖锣的小贩，打着小铜锣，让人老远就能够听见，一声声，清脆悦耳，让人心动。紧接着听见的便是他的叫唤声，更像是他伸出了小手，招呼着我们一帮小孩子跑出院子，簇拥到他的担子前，听他接着唱歌一样的吆喝。我记不住他都吆喝什么了，后来看到民国时有北平俗曲《打糖锣》，里面这样唱道："打糖锣的满街地叫唤，卖的东西听我念念：买我的酸枣儿咧，炒豆儿咧，玉米花儿咧，小麻子儿咧，冰糖子儿咧，糖瓜儿咧……纸扇子儿，沙燕儿，风琴的纸风筝的儿，压腰的葫芦儿花棒儿……"

　　我见到的打糖锣的，嘴里唱得没有那么复杂，卖的东西也没有那么多样，不过是一些我们小孩子爱玩的洋画呀玻璃弹球呀之类简单的东西，曲子里唱的那些吃的有的倒是有。至今留给我印象最深的是酸枣面，是一种像黄土的东西，用手一捏就能捏成粉末，吃进嘴里，酸酸的感觉，我特别喜欢吃；有时可以用来冲水，是那时我的饮料。

　　后来，看到清末民间艺人绘制的《北京民间风俗百图》，其中有一幅就是"打糖锣"。图中有几行小字说明："其人小本营生，所卖者糖、枣、豆食、零星碎小玩物，以为哄幼孩之悦者也。"和我小时候见到打糖锣的所卖的东西相差无几，看来这样的传统由来已久。画面画着打糖锣的人，身前摆着是一个很大的筐，元宝形，里面是一个个的小方格子，每个格子里放着不同的零星碎小玩物。我没有见过这样元宝形的筐子，觉得挺新奇。再后来，读《清稗类钞》，说清末民初时兴这种元宝形的筐子，连卖煤球的装煤球都用这种元宝形的筐子。

　　我见到的打糖锣的小贩，是背着一个担子，担子一头一个小木箱，一个木箱里装的是这些吃的玩的，一个木箱上放着一个薄木头板做的圆圆的转盘。你花几分钱，可以转一次，转盘停下来，转盘的指针指向一个格子，这个格子里有什么东西，你就可以拿走，但是如果格子是空的，你就等于白转了。这个游戏，让我们小孩子每一次转时都瞪大了眼睛，不错眼珠地看着，充满期待，却总是转到空格子的时候多。小家雀儿怎么会斗得过老家贼呢？

长大以后，读泰戈尔的小说《喀布尔人》，里面的那个来自喀布尔的小贩，每天摇晃着拨浪鼓，同样吆喝着走街串巷。他的辛苦，甚至为了生活而不得不背井离乡的那种心酸，和对自己小女儿思念的那种心碎，让我心里很是感动。想起自己小时候见过的那些打糖锣的小贩，其实和这位喀布尔人一样，都是生活在最底层的贫苦人，自有人生的苦涩与艰辛。想起曾经认为"小家雀儿怎么会斗得过老家贼"，便心怀歉意。吆喝声中，含有人世间的辛酸，不是小孩子能够懂得的。那些吆喝声中凄凉的声调和无尽的韵味，更是小孩子难以体会得到的。

还有卖花的吆喝声，格外悠扬好听，不过，我们不会特意跑出院子去凑热闹，一般都是大院里大姑娘小媳妇，爱去买点儿纸花或绒花，插在发髻上；要不就是一些爱莳花弄草的老人，买盆鲜花，放在自家的门前或窗台上养。后来我读清诗，发现这样一首绝句："颇忆千年上巳时，小椿树巷经旬时。殿春花好压担卖，花光浮动银留犁。"诗里写的是小椿树胡同里挑担卖花的情景。民国时，有人作诗"一担生意万家春"，说的也是挑担卖花，可见这一传统一直绵延下来。

柴桑的《京师偶记》里面有这样一条记载："千叶榴花，其大如茶杯，园户人家摘入掷筐中，与玉簪并卖。但听于街头卖花声便耳心醉。"如此大朵的石榴花，我是没有见过的，也没有见过有卖这样的花的，即便有，我们院子的大姑娘小媳妇也不会买的，因为院子里的石榴树，五月花开的时候，她们随便摘几朵插在头发上就行，何必再花那冤枉钱呢。不过，他说的听见街头卖花声耳朵和心就一并醉了的情景，还是让人那么向往。卖花声，大概是所有吆喝声尤其是那些带有凄凉或哀婉调子的吆喝声中的一抹难得的亮色。《燕京岁时记》里说："四月花时，沿街叫卖，其韵悠扬，晨起听之，最为有味。"说得真是，确实有味。

四

吆喝声，尽管里面有不少美好的韵味在，但在时过境迁之后怀旧情绪的泛滥中，很容易被美化。毕竟吆喝声不是音乐，不是诗，是底层人为生活而奔波发出的声音，内含人生况味，和诗人笔下"小楼一夜听春雨，深巷明朝卖杏花"和《天咫偶闻》里记载皇上八月隔墙听到吆喝声而写下的诗句"黄叶满街秋巷静，隔墙声唤卖酸梨"并不一样。

读到的很多关于吆喝声的诗句，其中有这样两首，让我心里为之一动。

一首是夏仁虎《旧京秋词》中一句"可怜三十六饽饽，霜重风凄唤奈何"，让我感动。下面还有一句注解："夜闻卖硬面饽饽声最凄婉。"起码这里面触摸到了吆喝声中的人生的无奈与辛酸的痛点。

一首是一位不如夏仁虎出名，叫金煌的人写的《京师新乐府》中的一首《卖饽饽》："卖饽饽，携柳筐，老翁履弊衣无裳，风霜雪虐冻难耐，穷巷局立如蚕僵。卖饽饽，深夜唤，二更人家灯火灿，三更四更睡味浓，梦中黄粱熟又半……"写那寒夜里吆喝着卖饽饽的老人凄凉的情景，让我感动。

想想那时候的胡同，无论什么时候，哪怕是数九寒天，哪怕是深更半夜，也是少不了一两声吆喝声的，就像京戏里突然响起的一两声

"冷锣"，即使你是住在深宅大院里，也能隐隐约约传到你的耳朵里，轻轻地，却也沉沉地震在你的心里头。在那些物质贫乏天气又寒冷的夜晚，那吆喝声，诗意是让位于夏仁虎所说的"凄婉"和金煌所言的"难耐"的。人生中沉重的那一部分，世事苍凉的那一部分，往往弥散在夜半风寒霜重甚至雨雪飘落时这样的吆喝声中。

记得看张爱玲曾经写过每天天黑时分一位卖豆腐干老人的吆喝声，她是这样说的："他们在沉默中听着那苍老的呼声渐渐远去。这一天的光阴也跟着那呼声一同消失了。这卖豆腐干的简直就是时间老人。"张爱玲说的是上海弄堂里的吆喝声，北京胡同里的吆喝声也是一样的，半夜里那一声声的吆喝声渐渐消失的时候，一天的光阴也就过去了。那些不管是凄清的还是昂扬的、是低沉的还是婉转的吆喝声，都是胡同里的时间老人。它们是见证胡同历史沧桑的时间老人。

还看到过一篇民国时期的文章，作者是一位在战争年代里被迫离开北京流落异乡的北京人，他深夜里听见了同样如同时间老人一样的吆喝声，只是和张爱玲说的不同，不是卖豆腐干的吆喝声，而是卖花生的吆喝声："至于北风怒吼，冻雪打窗的冬夜，你安静地倒在厚轻的被窝里，享受温柔的幸福，似醒似睡中，听到北风里夹来一声颤颤抖抖的声音：'抓半空儿多给，落花生……'那时你的心头要有一个怎样的感觉呢？"

面对夜里的吆喝声，他的感受和张爱玲是那样的不同。张的感受更多是客观的、冷静的；而他则是感性的，充满着感情。特别是在远离北京听不到熟悉的吆喝声的时候，这种吆喝声，更加让人怀念，更加撩人乡愁。

无论是夏仁虎笔下的卖硬面饽饽的吆喝声，还是张爱玲笔下的卖豆腐干的吆喝声，或是最后那位无名者笔下的卖半空儿的落花生的吆喝声，对于听者和吆喝者的意味是不尽相同的。特别是在寒冷的深夜，在荒寂的胡同，在漂泊的乱世，那些吆喝之声，更多凄清，甚至凄凉，含有对人生无尽的感喟，也还有对世事无奈的慨叹。那是逝去的那个时代里飘荡在北京胡同上空的画外音，或是一丝无家可归的游魂。

如今，这样的吆喝声几近于无，让人们对它连同对胡同不断消失的怀念情感之中，夹带着更多的乡愁。那种画外音，只可以模拟，却不可以再生；只徒有其声，却难得其魂。

把北京胡同的吆喝声作为一门独有的学问，真正做过一些认真系统研究的，我所知道的，只有两个人。一位是近代的蔡省吾，他的《一岁货声》，是对此梳理研究的开山之作。周作人曾称赞道："夜读抄《一岁货声》，深深感到北京生活的风趣……自有其一种丰富的温润的空气。"

一位是现代的翁偶虹。翁先生在蔡省吾的基础上，进行深入的研究和收集，所录胡同里的吆喝声多达到三百六十八种，比蔡所录的多出了两百种。这是非常不容易的，是对北京的胡同和与之连根生长在一起的吆喝声饱含感情，并舍得花费气力，才可以做得到的。因为这样的学问，不是高居在上，仅仅从典籍之中得来，而是要远至江湖，深入民间。一般学问家，或不屑于做，或根本做不来。

关于北京胡同的吆喝声，把它们上升为艺术的，我所知道的，也只有两个人。一位是侯宝林，一位是焦菊隐。侯宝林将以前从不登大雅之堂的胡同吆喝声，第一次编成了相声段子，让世人所知，并让人们惊叹吆喝声之美。焦菊隐在排演话剧《龙须沟》时，带领演员到胡同里收集那时已经日渐稀少的吆喝声，并将这些吆喝声动人心弦地运用在《龙须沟》里和日后的《茶馆》里，让这些含有人生辛酸之味的吆喝声，不仅成为剧情幕后人物心情的衬托，同时也成为这两部京味话剧中不可缺少的京味艺术的一种演绎，成为话剧重要的画外音，成为艺术的一种可以缅怀前世、抚慰人生的动人的音乐。

蔡省吾在《一岁货声》的自序中说:"虫鸣于秋,鸟鸣于春,发其天籁。"他是将这些街头里巷的吆喝声视作天籁之声的。可以说,侯宝林和焦菊隐两位先生,深谙蔡先生其中三昧,将这种天籁之声,不止于纸面,而搬到舞台,使之成为艺术的一种。可以说,这是北京独有的艺术的一种。

在这篇序中,蔡省吾还说:"一岁之货声中,可以辨乡味、知勤苦、纪风土、存节令,自食于其力而益人于常行日用间者,固非浅鲜也。"

这一番话,对于一百多年后的我们,依然有着现实的意义。他道出了胡同里的吆喝声的文化内涵与情感价值,起码包括有怀旧的乡愁、前辈的辛劳、风土人情和节气时令民俗的钩沉这样四部分。尽管随着时代的大踏步前进,胡同大量消失,这种农耕时代诞生的吆喝之声,已经基本消失殆尽。但是,如果我们认同一百多年以前蔡省吾对吆喝之声的论述,那么,起码他所说的这四点,依然可以让我们存有对吆喝之声的一份认知和情感,并对它们进行深入一些的研究。其意义与价值,"固非浅鲜也",便会让我们像珍惜历史文化遗产一样,珍视并珍存它们。它们曾经是胡同的声音,也是历史的一种特别的回音。

2018年4月2日写毕于布鲁明顿

二　书的作用力

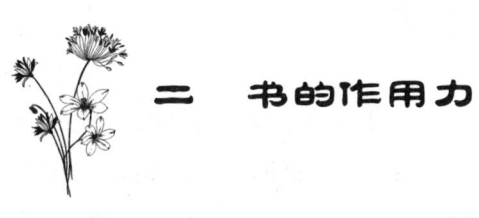

从写好一句话开始

写好一句话,不那么容易。美国作家安妮·迪拉德,在她的《写作生涯》一书中说:"喜欢句子,就能成为一个作家。"可见,写好一句话,对于一个作家是多么重要。我国古典文学有炼字炼句的传统,只是,我们这一代的写作,由于缺乏古典文学方面学养;又由于外语水平的局限,受翻译作品中欧化句式的影响;再加上多年政治语式的潜移默化以及如今网络和手机微信短平快的影响,萝卜快了不洗泥,更注重的是一篇文章、一本书的快马加鞭。一句话,谁还会那么在意?

举几个例子。

比如写夕阳。波兰诗人亚当·扎加耶夫斯基这样写:"沉重的太阳向西闲逛,乘着黄色的马戏团马车。"

比如写浆果的颜色黑。还是这位亚当·扎加耶夫斯基,他这样写:"浆果这么黑,夜晚也羡慕。"

比如写衣服口袋多。法国作家马塞尔·帕尼奥尔这样写:"于勒姨父却像商店橱窗那样,浑身上下挂满山鹑和野兔。"

比如写星星。契诃夫这样写:"天河那么清楚地显出来,就好像有人在过节前用雪把它们擦洗过似的。"

比如写土豆。郭文斌这样写:"每次下到窖里拿土豆,都有一种特别亲切的感觉,像是好多亲人,在那里候着我。""饭里没有了土豆,就像没有了筋骨。"

比如写沙枣林。李娟这样写:"当我独自穿行在沙枣林中,四面八方果实累累,拥挤着,推搡着,欢呼着,如盛装的人民群众夹道欢迎国家元首的到来。"

比如写野鸡。张炜这样写:"老野鸡在远处发出'克啦啦,克啦啦'的呼叫,可能正在炫耀什么宝物。"

比如写道路。于坚这样写:"大道,亮晃晃得像一把钢板尺,水泥电杆像刻度一样伸向远方。"

如果将这八句话写成这样子——

夕阳落山了。

浆果这么黑。

衣服口袋真多。

星星闪烁。

我最爱吃土豆,每顿饭都离不开土豆。

沙枣林里果实累累。

老野鸡在远处呼叫。

大道伸向远方。

我们见到的很多文章很多书中,都是这样写的,司空见惯,见多不怪,见而无感。我们甚至还会认为这样简洁、朴素。我们就会发现,写好一句话,还真的不那么简单呢。简洁,不是简单;朴素,不是无味。同样写一句话,写得好和写得一般,是那样不同,一目了然。写得一般的,干巴巴的,自己看了都没什么兴趣;写得好的,那么生动活泼,自己看了都会兴奋。口水般的一句话,和文学中的一句话;白开水或污染的水一般的一句话，和清茶或浓郁咖啡一般的一句话；风干的鱼一样的一句话，和"揵鳍掉尾"一样鲜活的鱼的一句话，是有质的区别的。

一篇好的文章，一本好的书，固然在于整篇文章和整本书的思想和谋篇布局中的人物情节乃至细节诸多元素，但所有这一切都离不开一句话。当然，话和话之间是密切联系的，如水循环在一起，不可能单摆浮搁，但都是离不开写好一句话这样基本的条件，写好一句话才能使其达到最终的构成和完成。过去，常说的一句话是"细节是文学生命的细胞"。其实，每一句话，同样也是其必不可少的细胞，或者说两者如同精子和卵子一样，结合一起，才能诞生生命。

再举几个例子。

比如写阳光。巴乌斯托夫斯基在他的《一生故事》中这样写："太阳光斑被风吹得满屋跑来跑去，轮流落到所有的东西上。"迟子建在她的新书《烟火漫卷》中这样写："路旁的水洼，有时凝结了薄冰，朝晖映在其上，仿佛在大地上做了一份煎蛋，给承受了一夜寒霜的他们，奉献了一份早餐。"

比如写月光。诗人阿赫玛托娃在《海滨公园的小路渐渐变暗》中这样写："轻盈的月亮在我们头上飞旋，宛如缀满雪花的星辰。"韩少功的《山南水北》中则这样写："听月光在树林里叮叮当当地飘落，在草坡上和湖面上哗啦啦地拥挤。"

阳光、月光这样司空见惯而且在文学作品中最常出现的景物描写，这几位作家各显神通，写得花样别出，生动鲜活，避免了"阳光灿烂似火""月光皎洁如水"的陈词滥调。陈词滥调惯性的书写，其实是文人的"懒文"。如果不是，便是才华的缺失。

再看同样是写水的涟漪。韩少功这样写："你在水这边挠一挠，水那边也会发痒。"诗人大解这样写："河水并未衰老，却长满了皱纹。"

孰优孰劣，写法不同，读法不同，结论自然不一样。在我看来，诗人显得多少有些为文而文，而韩少功则少有斧凿之痕。

还看韩少功，他写白鹭："在水面上低飞，飞累了，先用大翅一扬，再稳稳地落在岸石，让人想起优雅的贵妇，先把大白裙子一提，再得体地款款入座。"

再看迟子建写灰鹤："一只灰鹤从灌木丛中飞起，像青衣抛出的一条华丽的水袖。"

同样写鸟，两位不约而同地将鸟比喻为女人，不过一个是生活中的贵妇，一个是戏曲里的青衣；一个是"大白裙子一提，再得体地款款入座"，一个是"抛出的一条华丽的水袖"。都富有画面感，也异曲同工。为什么异曲同工？因为还是没有完全跃出我们的思维定式。

再来看看秋天的树叶，比较一下迟子建、周涛和叶芝三人是怎么写的，会觉得很好玩。

迟子建这样写："深秋的树叶多已脱落，还挂在树上的，像缝纫得不结实的纽扣，摇摇欲坠，一阵疾风吹起，牵着它们最后的线，终于绷断了，树叶哗啦哗啦落了。"

周涛这样写一个女孩子看一枚落叶："金红斑斓的，宛如树上的大鸟身上的一根羽毛。她透过这片叶子看太阳，光芒便透射过来，使这片秋叶通体透明，脉络清晰如描，仿佛一个至高境界的生命向你展示它的五脏六腑。"

爱尔兰诗人叶芝这样写："落叶不是从树上，而是从天上的花园里落下。"

三句话，哪句好，你更喜欢哪一句？

我这样问过几位读者，他们说都好，都喜欢。问为什么，他们告诉我——

"把叶子比喻成'缝纫得不结实的纽扣',新鲜,好玩。"

"把落叶比喻成'树上的大鸟身上的一根羽毛',也挺好,更好的是又透过这片叶子看太阳,光芒便透射过来,看见了叶子里面叶脉的五脏六腑,更好玩。叶子也有五脏六腑,阳光不成了透视机了嘛!"

"第三种,叶子不是从树上落下来的,是从天上的花园里落下来的,更美,充满了想象!"

三句话各自的妙处,他们都看到了。如果说我的读后感,写落叶像羽毛,阳光让它通体透明,是客观的描写;写叶子像纽扣,一阵风就能把它吹落下来,有主观的心情在;写落叶来自天上的花园,则完全是浪漫诗意的想象。

再看写喜欢,这也是文学作品中常常出现的一种心理描写——无论是喜欢物还是喜欢人。乔伊斯《阿拉比》中写一个小男孩喜欢邻居的一位大姐姐:"我不知道自己会不会和她说话。这时,我的身子好似一架竖琴,她的音容笑貌宛若拨动琴弦的纤指。"看,乔伊斯没有用"喜欢"这个词,却将小男孩喜欢这位大姐姐的心情写得惟妙惟肖,用的方法就是一个比喻句,只不过这个比喻很新颖。

贾平凹在《商州》中写他看到一根像琵琶的老榆木树根,尽管太大太沉,还是喜欢得不得了。但是,他写这句话的时候,不写"喜欢"二字,而是说:"就将在村子里所买的一袋红薯扔掉,把这琵琶带回来了。"

他们都有意识地避免了"喜欢"这个抽象的词,一人用了个比喻,一人用了个动作,便都将看不见的"喜欢"那种心情,变得看得见、摸得着了,便也都避免了如何如何"喜欢"的形容词的泛滥。

写好一句话,确实不容易,要不老杜也不会那样感叹:"为人性僻耽佳句,语不惊人死不休!"好的作家,无不会有这样的感叹,甚至这样的梦想，努力让自己写好一句话，写得不同凡响，与众不同。

记得多年前读余华长篇小说《在细雨中呼喊》，他写主人公的父亲时，写了这样的一句话："浑浊的眼泪让父亲的脸像一只蝴蝶一样花里胡哨。"用的是蝴蝶的比喻。写一条叫作"鲁鲁"的狗的一句话，用了蝴蝶结的比喻："这是我第一次听到了鲁鲁的声音。那种清脆得能让我联想到少女头上鲜艳的蝴蝶结的声音。"

余华如此钟情蝴蝶以及形似它的蝴蝶结，两次借用它们作描写，都非常新奇大胆，很吸引人。把脸比作蝴蝶，把声音比作蝴蝶结，我还从来没有见过这样的比喻，这样的形容。试想一下，如果把这两句话写成这样："浑浊的眼泪挂在父亲脸上。""这是我第一次听到了鲁鲁的声音，那么清脆。"一下子，将描写变成了陈述，去掉了蝴蝶生动的比喻和通感，句子自然就干瘪无味了。就好像汽水里去掉了二氧化碳所形成的气泡，就和一般的甜水没有什么区别了。

这样的一句话，我想起布罗茨基。他形容英国诗人奥登家的厨房，只是写了一句简单的话："很大，摆满了装着香料的细颈玻璃瓶，真正的厨房图书馆。"他形容地平线，是一句更为简单的话："这样的地平线，象征着无穷的象形文字。"

厨房和图书馆，地平线和象形文字，同脸与声音和蝴蝶一样，完全是风马牛不相及的，他却将两者联系在一起，像两组完全不同的蒙太奇画面拼贴在一起，达到了奇异的效果，让我们充满诡谲的想象，而不只是会说"摆满厨房里的那些调味瓶，整齐排列成阵""遥远的地平线，和天边相连的地平线"这样写实的厨房和地平线。后者，属于照相；前者，属于文学。

也想起汪曾祺写井水浸过后的西瓜的凉："西瓜以绳络悬于井中，下午剖食，一刀下去，咔嚓有声，凉气四溢，连眼睛都是凉的。"还有诗人于坚写甘薯的甜："这盆甘薯真甜……甜得像火焰一样升起来。"和另一位诗人徐芳写街灯的暗淡："像坛子里腌得过久的咸菜。"

汪曾祺是把凉的方向引向眼睛，于坚是把甜的方向引向火焰，徐芳是把暗淡的方向引向咸菜。都不是我们习惯的方向。我们习惯的方向，是凉得透心（是心），是甜得如蜜（是蜜），是暗淡得模糊或朦胧（是视觉）。不同寻常的想象，才能够有生动奇特的句子出现，这是非常值得我们学习的。

我还想起读诗人闻一多写过的一首叫作《梦者》的诗：

假如那绿晶晶的鬼火
是墓中人底
梦里迸出的星光，
那我也不怕死了。

其实也是一句话："鬼火是墓中人梦里迸出的星光。"同样，鬼火——梦——星光，三者不挨不靠，拼贴在这里，营造出一种奇异的效果，将阴森森的鬼火写得人间味儿浓郁，方才让我们感到这样温暖照人。

汪曾祺先生曾经这样说："语言像树，枝干内部枝液流转，一枝摇，百枝摇。语言像水，是不能切割的，一篇作品的语言，是一个有机的整体。"他说得非常有道理，而且很生动。语言是一个有机的整体，是由一个个句子组成的——

语言像树，一个句子，是树上的一片树叶，一片片的树叶密集一起，才能成为一棵树；一个个漂亮的句子，才能聚集成一篇漂亮的文章。

语言像水，一个句子，是水中的一滴水珠，一滴滴的水珠汇聚一起，才能叫作水；一个个漂亮的句子，才能聚集成一篇漂亮的文章。

　　从写好一句话开始，是我们每一位写作者的必修课。意识到我们的文学语言已经受到了伤害而在不由自主地滑落，意识到写好一句话并不那么容易，才会对语言尤其是我们具有上千年悠久深厚传统的母语，有敬畏之感、修为之心，才有可能写好一句话。

2021年11月3日于北京

地平线，遥远的地平线

童年是梦幻的写意

《少年文艺》伴随我升入中学。在整个童年时期，想想还是马尔兹留给我的印象最深，如果再让我想一位作家的话，那就是我国的任大霖。我也是在《少年文艺》上看到他的小说之后，买了他当时所有能够买到的小说集和散文集，让我难忘的是他写的《打赌》和《渡口》。现在想想，《打赌》和《渡口》同《马戏团来到了镇上》一样，弥漫着的都是那样一丝淡淡的忧郁。文学最初留给我的印象，不是那个时代流行的峨冠博带的赞美诗，也不是后来我看到的小布尔乔亚或自诩进入中产阶级的假贵族的自我感觉良好。它显得有些布衣褴褛，是匍匐在地上的行吟。

我在十岁左右的时候，看过任大霖写的一组散文《童年时代的朋友》，怎么也忘不了，便记住了他的名字。在我寂寞贫寒的童年，他的作品曾陪伴我。我便觉得自己在心里和他交往许久、许久。

我到现在还能记住当年读完他的《渡口》《打赌》时的情景：落日的黄昏，寂寥的大院，一丝带有惆怅的心绪，随晚雾与丁香轻轻飘散。上了中学，我曾经将这两篇文章全文抄录在我的笔记本上，并曾经推荐给我的好多同学看。时间过去了很久，我依然可以完整无缺地讲述这两个故事。

怎么也忘不了那两个故事，即使到现在，五十年光阴过去了，还是觉得它们是大霖先生写得最好的作品。

《渡口》讲述了：小哥俩吵架，哥哥一气之下离家出走，弟弟一直在渡口等哥哥回家，为看得远些，弟弟爬到了一棵榆树上。傍晚的渡口是多么荒凉，等到了半夜，弟弟睡着了，哥哥回来了，听见哥哥叫自己，弟弟一下子从一人多高的榆树上跳下来。吵架后的重逢，让兄弟亲情分外浓郁。大霖说："渡口有些悲怆。"这是只有亲身经历亲情碰撞的人，才会感到的悲怆。我知道大霖先生确实有个哥哥，叫任大星，也是一位作家，他写过的小说《野妹子》，我也读过。我曾经悄悄地猜想，他在《渡口》里写的哥哥，会不会就是任大星呀？

《打赌》的故事：为和伙伴打赌敢不敢到乱坟岗子摘一朵龙爪花，"我"去了，半路上怕了。从夜娇娇花丛中钻出一个小姑娘杏枝，她手里拿着装有半瓶萤火虫的玻璃瓶，陪"我"夜闯乱坟岗子。打赌胜利了，伙伴讽刺"我"有人陪，不算本事，并唱起"夫妻两家头，吃颗蚕豆头，碰碰额角头"，嘲笑"我"。于是，他们又打了一次赌：敢不敢打杏枝？为证明自己不是和杏枝好，"我"竟然打了杏枝。这个在孩提时代容易发生的事，被他写得那样委婉，美和美的破坏后的怅然若失，让我的心里和小说里的"我"一起总会想起杏枝委屈的哭声。小说的最后一节，写得最为精彩。多年过后，杏枝已经成为生产队长，"我"回故乡，没有见到她，见到了她的哥哥长水，说起童年打赌的事，她哥哥摇头说完全不记得了，"我想这不是真话，一定是长水怕难为情，不想谈它"。成人和童年的对比，完全是两幅画，成人如果是写实的工笔，童年则是梦幻般的写意。

我喜欢大霖先生这样梦幻般的写意。中学时代，我买了大霖先生当时的全部著作，包括《蟋蟀及其他》《山冈上的星》，以及薄薄单行本《小茶碗变成大脸盆》。读高中时，《儿童文学》创刊，我在上面陆续读到他的《白石榴花》《戏迷四太婆》等文章，觉得比以前的作品更为精致。我不知别人如何评价大霖先生的作品，对于我，一个作家的作品从小学一直陪伴到我高中毕业，如影相随，如风相拂，实在是难得而美好的回忆。

那时候，我悄悄地萌生做一名儿童文学作家的念头，那该是一桩多么美好的事，就像大霖先生一样。我也曾经悄悄地写过几篇东西，完全是模仿大霖先生，写自己的童年回忆，写自己的兄弟、童年的杏枝。

我从未想要见到大霖先生。我一直认为喜欢一位作家，看作品比看本人更为重要。喜爱他或她就认真地读他们的作品，作家生命的气息和情感，便会从书页间扑面而来，与你相通相融。

如果不是1992年的春天，我到上海参加一个会议，也许永远不会和大霖先生见面了。那个春天，在普希金像旁，我们一见如故。我向他表示我的敬意，列数一系列他作品的篇目。他有些惊讶，觉得这绝非我的萍水相逢的即兴之辞。他的温和友善，一如他的作品。他就那么坐在那里，静静听我讲，说话不多。

我讲了他作品中有浓厚的屠格涅夫《猎人笔记》的影子，比如《白石榴花》。也讲了不大喜欢他后期一些主题色彩过重的作品。我甚至举了他六十年代的代表作《在灿烂的星空下》，也不如他早期的《童年时代的朋友》那样天然真纯，弥漫着少年一丝淡淡的忧郁。《在灿烂的星空下》里，这种调子一下子变得过于明显地明快。这个故事写了一个江南水乡的少年和一个上海郊区的少年，都热爱科学，憧憬生活，两个少年在灿烂星空下巧妙地衔接。虽然构思巧妙，毕竟看出了人为的痕迹，而让"我"面对美好的星空朗诵"星垂平野阔，月涌大江流"，然后引出少年对星星和月亮的疑问，表达对自然科学的憧憬，也显得有些做作。他都一一点头。由于真心喜爱他的作品，又是从小留下深刻的印象，我便没有刹住闸，一下子讲了那么多。他不怪我，相反显得有些激动。

然后，他站了起来，让我等一会儿。不过一会儿的工夫，他从办公室取来两册厚厚的《任大霖作品选》送给我。我知道书的分量。它们是他一生心血的结晶。那里有他生命的轨迹，也有我童年的梦。

我一直想写一篇论述大霖先生创作的长文章。我不见得会比评论家和研究者写得更好，但我觉得我最有发言权。因为我是从一个读者的角度，从一个从小就受他作品滋养的角度，不仅仅论述作品的艺术创作，而是涉及儿童文学参与人生命的塑造、灵魂的哺育、心灵的滋润，这样一个对于我们自己和后代一样适用的话题。优秀的儿童文学作家，是人生路上无可取代的一棵大树，绿荫如盖，将庇护我们从小到老。我们老了，他们依然年轻，绿荫葱茏。

地平线，遥远的地平线

少读唐诗

我最早拥有的唐诗，是偷了家里五元钱买了三本书中的两本：《李白诗集》和《杜甫诗集》。那时书便宜，一本一元五分，一本七角五分。之所以选择这两本，是因为我只知道李白和杜甫的诗在唐诗里最出名，"李杜文章在，光焰万丈长"嘛。除了小学里读过李白的"床前明月光，疑是地上霜。举头望明月，低头思故乡"和杜甫的"两个黄鹂鸣翠柳，一行白鹭上青天。窗含西岭千秋雪，门泊东吴万里船"之外，对他们二位，知道得真的不多。

就这样把他们二位请回家。一个初二的学生，其实是看不大懂李白和杜甫的，就像现在的小孩子听不懂崔健和罗大佑，却还是要把他们的歌曲收入 MP4 或 iPod 里一样。这两本诗集跟随我从北京到北大荒，颠沛流离了四十七年，依然完好地在我的身边，李白和杜甫就像我多年不离不弃的好友。

现在翻看这两本被雨水打湿留下水渍印迹和被岁月浸染发黄的书页，还能清晰地看到当年一个初二学生读它们时的心迹，即使是那么幼稚，却是那么清纯。那些被我用鸵鸟牌天蓝色墨水画下弯弯曲曲的线的诗句，还有我写下的自以为是的点评，并不让我感到可笑，而是让我自己感动自己，因为以后读书再没有那样纯净透明，清澈得如同没有一点渣滓的清水。

在李白的《横江词》里，我在这样三句诗下画了曲线："一风三日吹倒山""一水牵愁万里长""涛似连天喷雪来"。一句写风，一句写水，一句写浪，三句都使用夸张的修辞方法，但一句是直接用夸张，风将山吹倒，一句则用拟人，手一般将愁牵来；一句则用比喻，把浪涛涌来比成喷雪。和那个年纪的孩子一样，我那时对诗的内容是忽略不计的，感兴趣的是词，希望学到一手好词汇，就像愿意穿漂亮的新衣裳一样，希望把这些好词穿在自己的作文上。

在《登太白峰》里，我是在"举手可近月，前行若无山"下画了线。一样，还是夸张的好词。

但在《赠从弟洌》里，我却在这样两联诗下画了线："楚人不识凤，重价求山鸡。""桃李寒未开，幽关岂来蹊。"李白当年怀才不遇，竟然和我共鸣。整个一个少年不识愁滋味，为赋新诗强说愁。也许，这是那个年纪的小孩子常见的心态，并不是真的懂得了李白，不过是感时花溅泪罢了。

在《夏十二登岳阳楼》里，我画下这样一句："雁引愁心去，山衔好月来。"这一句，我记忆最深，不仅因为对仗工整，每一个词用得都恰如其分，又恰到好处。一个"雁去"，一个"月来"，画面如此的清晰；一个"引"字，一个"衔"字，动词用得是那样生动别致。更重要的是，这句诗给我一个启发，忧愁也好，苦闷也罢，一切不如意的，都会过去，而美好总还存在并一定会到来的。我就是这样鼓励自己，以至日后我到北大荒插队的时候，艰苦的环境之中，我抄下这句诗给我的同学，彼此鼓励。

在《侠客行》里，我画的诗句是："三杯吐然诺，五岳倒为轻。"这真的是我自己真心的向往了。将诺言作为吐出的吐沫钉天的星，是那时的一种情怀，也是追求的一种境界。

那时，最喜欢李白的诗，还是《寄东鲁二稚子》。在这首诗里，我在好几句诗下画了线："南风吹归心，飞堕酒楼前。楼东一株桃，枝叶拂青烟。此树我所种，别来向三年。"我还特别在"向"字上画了圆圈，旁边注上了一个字："近"。这是李白想念他的两个孩子的诗，写得朴素而情真。我开始明白了一点点，好词不是唯一，感情的真切才是重要的。

在《翰林读书言怀呈集贤诸学士》里，我画下这样一句："片言苟会心，掩卷忽而笑。"便是那时读李白时真实的写照了。那时读书真的能够给予自己那么多会心的欢乐。

对于杜甫，少年时是理解不了的。虽然，课堂上学过《石壕吏》，但我不认为那就是杜甫最好的诗篇。在这本《杜甫诗集》里，在《北征》等长诗里有详细的注音注解，但印象并不深，不深的原因是不懂，也不能要求一个十几岁的少年懂得那时沉郁沧桑的杜甫。

印象深的，还是杜甫对于感情的表达很真切。《后出塞》中"战伐有功业，焉能守旧丘"，《月夜忆舍弟》中"露从今夜白，月是故乡明"，《彭衙行》中"谁肯艰难际，豁达露心肝"，《登高》中"无边落木萧萧下，不尽长江滚滚来"，这样的句子下面，都被我画下了曲线。"战伐有功业，焉能守旧丘"和"谁肯艰难际，豁达露心肝"，心情表达得直白明确，却那样能够让人感动；"露从今夜白，月是故乡明"和"无边落木萧萧下，不尽长江滚滚来"，则是情景交融，那样让人难忘。

我也在《梦李白》中的"冠盖满京华，斯人独憔悴"下画了曲线，但实际上是似懂非懂的，只不过那时读了冰心的小说，其中一篇题目是"斯人独憔悴"而已。

杜甫诗中最难忘的，是《赠卫八处士》。那时全诗背诵过，但也未见得真正懂得。逐渐明白其中的含义，应该是在以后的日子里，特别是到了北大荒插队，有了一些人生的颠簸和朋友的星云流散之后，才多少明白一点"人生不相见，动如参与商""夜雨剪春韭，新炊间黄粱。主称会面难，一举累十觞"的意思。而"访旧半为鬼，惊呼热中肠"，则更是在以后，面对许多亲人相继离去的情景才懂得。"明日隔山岳，世事两茫茫"，是那一阵子我心里常有伤怀感时的感慨。但我要感谢少年之时读过背过这首诗，让我在日后的日子里抒发心情的时候，找到了对应的寄托。那不仅是诗的寄托，更是民族古老情怀与血脉的延续和继承。

有意思的是，在这本《杜甫诗集》里，夹着一小页已经发黄的纸，上面开始用红墨水笔写，写着写着，没水了，接着用铅笔写下正反两面密密麻麻的小字。这是我读孟郊的诗的一些感想。现在回忆起来，大概是上高中时的事情了。不知道为什么夹在这里，经历了几十年的岁月，竟然还完整无缺地保存在这里。应该说，还是要感谢《李白诗集》和《杜甫诗集》这两本书，因为我对唐诗的喜爱，是从这里开始的。可以说，没有李白和杜甫，不可能有以后的孟郊。

将这一页抄录如下——

一提起"郊寒岛瘦"来，孟郊的诗可谓是瘦石巉岩，苦吟为多。"万俗皆走圆，一身犹学方""小人智虑险，平地生太行"的对人世的感慨，以及"抽壮无一线，剪怀盈千刀""触绪无新心，丛悲有余忆"的感叹，几乎在孟郊的诗集中比比皆是。但这样一位苦吟诗人也不乏清新的小诗。脍炙人口、传之于世的"春风得意马蹄疾""月明直见嵩山雪"，或者是形容那"吹霞弄日光不定，暖得曲身成直身"的炭火。但我以为，更清新的诗似乎被弄掉了。试举一例说明——《游子》一诗四句："萱草生堂阶，游子行天涯。慈亲倚堂门，不见萱草花。"艳阳春光，堂前春草，相争而出，然而慈母却都没有看见，因为她看的不是这咫尺之近的萱草花，而是远游未归的游子。从眼前有之物，写出无限之情。

天呀，那时怎么竟如此自以为是，刚刚从老师那里学到一点东西，就这样激扬文字，挥斥方遒，指点起唐诗来了。

罗曼·罗兰帮我去腥

罗曼·罗兰的《约翰·克利斯朵夫》，是我最喜欢的一部小说。那是我从北大荒插队回到北京待业在家，王瑷东老师借我的书。我整段整段地抄，抄了好几个笔记本。书写得太好了，傅雷翻译得也太好了，恨不得把整本书都抄下来。书看了两遍，后来翻看笔记，发现好几处竟然抄了两遍。

在那些寂寞而艰苦的日子里，他乡遇故知般，罗曼·罗兰是我最好的朋友。

克利斯朵夫在那样的环境下艰苦奋斗的精神感动了我。他从小生活在那样恶劣的家庭，父亲酗酒，生活贫穷……一个个的苦难，没有把他压垮，而是把他锤炼成人，让他的心敏感而湿润，让他的感情丰富而美好，让他的性格坚强而且不屈不挠。

罗曼·罗兰在这本书中卷七的初版序中有这样的一段话，我记忆深刻——

每个生命的方式是自然界的一种力的方式。有些人的生命像沉静的湖，有些像白云飘荡的一望无际的天空，有些像丰腴富饶的平原，有些像断断续续的山峰。我觉得约翰·克利斯朵夫的生命像一条河，那条河在某些地段上似乎睡着了，只映出周围的田野跟天边。但它照旧在那里流动、变化；有时这种表面上的静止藏着一道湍急的急流，猛烈的气势要以后遇到阻碍的时候才会显出来……等到这条河集聚起长期的力量，把两岸的思想吸收了以后，它将继续它的行程，向汪洋大海进发。

这段话是我理解克利斯朵夫的一把钥匙，也是理解生命的行程和意义的一把钥匙。生命像一条河，这是一个并不新鲜的比喻，但当时它深深地打动了我。罗曼·罗兰给予我这样的启示和鼓励，起码让我在郁闷不舒、苦不得志的时候，有了一点自以为是精神力量的东西。当社会在剧烈动荡之后，偶像坍塌、信仰失衡，整个青春时期所建立起来的价值系统产生了动摇而无所适从的时候，罗曼·罗兰所塑造的克利斯朵夫的形象和他所说的这些话，给我以激励，让我仰起头，重新看一看我们头顶的天空。太阳还在明朗朗地照耀着，只不过太阳和风雨雷电同在。不要只看见了风雨雷电就以为太阳不存在了。

以从前我所热爱崇拜的保尔·柯察金和牛虻为革命献身、吃苦而毫不诉苦的形象来比较，克利斯朵夫更让我感到亲近，而他个人奋斗所面临的一切艰辛困苦，让我更加熟悉，和我身边发生的格外相似。同保尔·柯察金和牛虻相比，他不是那种振臂一呼、应者如云的人，不是那种高举红旗、挥舞战刀的人，他的奋斗更具个人色彩，多了许多我以前所批判过的儿女情长，多了许多叹息乃至眼泪，但他让我感到他似乎就生活在我的身边，我能真切地感受到他有些冰冷的手温、浓重的鼻息和怦怦的心跳。

重新翻看我所抄的《约翰·克利斯朵夫》这本书的笔记，能察觉得到当时我和克利斯多夫、和罗曼·罗兰交谈的样子和轨迹。你抄什么不抄什么，无形之中道出了你当时心底的秘密。其实，你不过是在用书中的话诉说你自己。

比如："痛苦这把犁刀一方面割破了你的心，一方面掘出了生命的新的水源。"这句话到现在我还清晰地记得，几乎成了对我的一句箴言。

比如："失败对我们是有好处的，我们得祝福灾难！我们绝不会背弃它。我们是灾难之子。"难道这不是对我们这一代做出的最好的预言和忠告吗？

比如："失败可以锻炼一般优秀的人物；它挑出一批心灵，把纯洁的和强壮的放在一边，使它们变得更纯洁、更强壮。但对于其余的心灵，它加速它们的堕落，或是斩断它们飞跃的力量。一蹶不振的大众在这儿跟继续前进的优秀分子分开了。"说那时我是多么自命不凡也好，或说我不过阿Q一样安慰自己也好，我确实想做一个优秀的人，不想碌碌无为让一生毫无色彩；我确实想让自己的心灵纯洁而强壮，不想软弱成一摊再也拾不起个儿来的稀泥。

再比如，罗曼·罗兰说克利斯朵夫："他到了一个境界，便是痛苦也成为一种力量——一种由你统治的力量。痛苦不能再使他屈服，而是他教痛苦屈服了：它尽管骚动、暴跳，始终被他关在了笼子里。"我以为这是罗曼·罗兰对于痛苦进行的最好总结。他告诉我痛苦的力量与征服痛苦的力量，他让我向往并追求那种境界。

再来看看罗曼·罗兰对于幸福的论述。他不止一次地说过："对于一般懦弱而温柔的灵魂，最不幸的莫如尝到了一次最大的幸福。"他对于幸福一直是这样贬斥的态度，他似乎对幸福不屑一顾甚至嗤之以鼻。相比而下，他认为痛苦更有价值。

他还说过这样一大段话："可怜一个人对于幸福太容易上瘾了！等到自私的幸福变成人生唯一的目标之后，不久人生就变得没有目标。幸福成为一种习惯，一种麻醉品，少不掉了。然而老是抓住幸福究竟是不可能的……宇宙之间的节奏不知有多少种，幸福只是其中的一个节拍而已；人生的钟摆永远在两极中摇晃，幸福只是其中的一极；要使钟摆停止在一极上，只能把钟摆折断。"

这些话，安慰我，鼓励我，让我认清痛苦，也认清幸福，让我既不对痛苦感到可怕而躲避，也不对幸福可怜地期盼而上瘾。

之所以对痛苦与幸福那样敏感，是因为那时正处于一个新旧交替的时代，我们这一代人内心的痛苦，其实是那个时代的痛苦的折射。就像罗曼·罗兰说的，生命是一条小河，在它流过了浅滩和险滩之后，流过了冰封和枯水季节之后，渐渐有了一点生机和力量，"山随平野尽，江入大荒流"。

无论那时这种主题化、政治化和个人对号入座式的阅读是多么可笑，毕竟是我青春季节的阅读，它让那些外国文学作品多少有些变形，但在一切都变形的时代里，它以与当时并不尽相同的形象、精神和语言方式滋润着我的心，并让我拿起笔来学习写一点东西。更重要的是，那时我的内心像风干的鱼一样没有了一点水分，只剩下一身的鱼腥味，是罗曼·罗兰帮我去了腥。

大自然的情感

可能是虚构越发远离真实，脂粉过重让美人日渐打折，我现在对作家笔下的文字心存怀疑。便自立法门，其中之一，是看他们对大自然的态度和描写来衡量其真伪与深浅。这是一张 pH 试纸，灵验得很。普里什文说过："在大自然中，谁也无法隐藏自己的心迹。"

一直喜欢普里什文。在这个始乱终弃的时代，没有一个人能够如普里什文，倾其一生的情感和笔墨，专注书写大自然。

"我以为是微风过处，一张老树叶抖动了一下，却原来是第一只蝴蝶飞出来了。我以为是自己眼冒金花，却原来是第一朵花开放了。"谁能够有这样的眼睛？"在一支支春水流过的地方，如今是一条条花河。走在这花草似锦的地方，我感到心旷神怡，我想：'这么看来，浑浊的春水没有白流啊！'"谁能够有这样的情感？"春天暖夜河边捕鱼，忽然看见身后站着十几个人，生怕又是偷渔网的，急奔过去，原来是十来株小白桦，夜来穿上春装，人似的站在美丽的夜色中……"谁能够有这样的心思？

只有普里什文有。这样的眼睛，是大自然的眼睛；这样的情感和心思，和大自然相通。也可以说，这样的眼睛、情感和心思，属于大自然，也属于童话和赤子之心。

我信任的另一位作家是列那尔。源于他曾经这样写过一棵普通的树，他把树枝、树叶和树根称为一家人："他们那些修长的枝柯相互抚摸，像盲人一样，以确信大家都在。"就是这一句，让我感动并难忘。他还曾经这样描写一只普通的燕子，他把它看作和自己一样是写文章的人："如果你懂得希腊文和拉丁文，而我，我认识烟囱上的燕子在空中写出来的希伯来文。"他以平等的视角和姿态，视树和燕子与人一样。确实，我们不比一棵树和一只燕子高贵和高明，甚至有时还不如。

中国作家里，我信服萧红。她把她家的菜园写活了："花开了，就像花睡醒了似的。鸟飞了，就像鸟上天了似的。虫子叫了，就像虫子在说话似的。一切都活了。都有无限的本领，要做什么，就做什么。要怎么样，就怎么样。都是自由的。倭瓜愿意爬上架就爬上架，愿意爬上房就爬上房。黄瓜愿意开一朵谎花就开一朵谎花，愿意结一个黄瓜，就结一个黄瓜，若都不愿意，就一个黄瓜也不结，一朵花也不开，也没人问它。玉米愿意长多高就长多高，它若愿意长到天上去，也没人管。蝴蝶随意地飞，一会儿从墙头上飞过来一对黄蝴蝶，一会儿又从墙头上飞走一只白蝴蝶。它们是从谁家来的，又到谁家去？太阳也不知道。"原因在于那倭瓜也好，黄瓜也好，已经和她命牵一线，情系一心，她写的就是自己。

很多年前，读迟子建的小说《逆行精灵》，里面有一段雨过天晴后的阳光的描写，至今记忆犹新："阳光在森林中高高低低地寻找着栖身之处，落脚于松树上的阳光总是站不稳，因为那些针叶太细小了，因而它们也就把那针叶照得通体透明。"

更多年以前，读苇岸《大地上的事情》，说到他曾经在一次候车的时候看到一只麻雀，发现麻雀并不是平常所说的只会蹦跳，不会迈步,只不过是移动步幅大时蹦跳,步幅小时才迈步。这一发现,让他激动,他说:"法布尔经过试验推翻了过去昆虫学家'蝉没有听觉'的观点,此时我感到我获得了一种法布尔式的喜悦和快感。"

如今,谁还会在意落在松树上的阳光,因为松针细小而"站不稳"这样的小事?谁又会为注意麻雀和其他小鸟一样会迈步,而涌出"一种法布尔式的喜悦和快感"?观察的细致,来自心地的入微。眼睛视而不见或熟视无睹的粗心麻木,源于心已经粗糙如搓脚石一般千疮百孔了。

去年,读一篇作者叫李娟的文章,名字不大熟悉,文字却打动我。她说花的形状和纹案"只有小孩子们的心思才能想象得出来,只有他们的小手才画得出"。她说花开成的样子"一定都有着它自己长时间的,并且经历相当曲折的美好想法吧"。她说花散发的香气"多么像一个人能够自信地说出爱情呀!"她还说那些没有花开也没有名字的平凡的植物:"哪一株都是不平凡的。它们能向四周抽出枝条,我却不能;它们能结出种子,我却不能;它们的根深入大地,它们的叶子是绿色的,并且能生成各种无可挑剔的轮廓,它们不停地向上生长……所有这些我都不能……植物的自由让长着双腿的任何一人都自愧不如。"

我感动的原因,是她和上述那些值得信赖的作家一样,有这种本事:平心静气,又气定神闲,内心里充满平等,又充满真诚,把大自然中这些最为普通的一切,能够细腻而传神地告诉给我。只有他们才有这种本事,信手拈来,又妙手回春一般,将这些气象万千的瞬间捕捉到手,然后定格在大自然的日历上,辉映成意境隽永的诗篇、生命永恒的乐章。

谁能够做到这样?这样对待大地上一朵普通的花、一条普通的河、一棵普通的树,或一只普通的燕子或麻雀?我们会吗?我们可以把花精致地剪成情人节里的礼物，可以在河里捞鱼或游泳，可以到原始森林里去旅游或野炊，可以在落满雪花的大树前拍照片，但我们不会注意到阳光在松针上"站不稳"、麻雀会迈步、燕子会写希伯来文字这样区区小事，更不会面对平凡不知名的植物而心怀自愧之感。

想起英国的作家乔治·吉辛。几乎和李娟一样，他也曾经注意并欣赏过平凡的小花和无数不知名的植物，认为那是世界上最美妙的事情。在《四季随笔》一书里，他这样说："世界间还有什么比这更美妙的呢？在阳光普照的春晨，世上有多少人能这样宁静、会心地欣赏天地间的美景呢？每五万人中能否有一人如此呢？"

我是吗？是这每五万中的一个吗？

2010 年 4 月于北京

第一本书的作用力

我第一次自己买的书，是花一角七分钱，在家对面的邮局里买的一本《少年文艺》。那时，我大概上小学三四年级，是二十世纪五十年代后期。那时候，邮局里的架子上摆着好多杂志，不知为什么，我选中了它。于是，我每月都到邮局里买《少年文艺》。

记得在《少年文艺》里最初看到了王路遥的《小星星》、王愿坚的《小游击队员》和刘绍棠的《瓜棚记》，我都很爱看。

其中有美国作家马尔兹写的一篇小说，名字叫《马戏团来到了镇上》，之所以把作者和小说的名字记得这样清楚，是因为小说特别吸引我，让我怎么也忘不了：小镇上第一次来了一个马戏团，两个来自农村的穷孩子从来没看过马戏，非常想看，却没有钱。他们赶到镇上，帮着马戏团搬运东西，可以换来一张入场券。他们马不停蹄地搬了一天，晚上坐在看台上，当马戏演出的时候，他们却累得睡着了。

这是我读的第一篇外国小说。同在《少年文艺》上看到的中国小说似乎不完全一样，它没有怎么写复杂的事情，集中在一件小事上——两个孩子渴望看马戏却最终也没有看成，让我感到格外异样。可以说，是它带我进入文学的领地。它在我心中引起的是一种莫名的惆怅，一种夹杂着美好与痛楚之间忧郁的感觉，随着两个和我差不多大的孩子睡着而弥漫起来。应该承认，马尔兹是我文学入门的第一位老师。

那时候，在北京东单体育场用帆布搭起了一座马戏棚，里面正演出马戏。坐在那里的时候，我想起了马尔兹的这篇小说，曾想入非非，小说结尾为什么非要让两个和我一样大小的孩子累得睡着了呢？但是，如果真的让他们看到了马戏，我还会有这样的感觉吗？我还会爱上文学并对它开始想入非非吗？

也就是从那时候开始，我忽然特别想看看以前的《少年文艺》，以前没有买到的，我在西单旧书店买到了一部分，余下没有看到的各期，我特意到国子监的首都图书馆借到了它们。渴望看完全部的《少年文艺》，成为那时候的蠢蠢欲动。那些个星期天的下午，无论刮风下雨，都准时到首都图书馆借阅《少年文艺》的情景，至今记忆犹新。特别是国子监到了春天的时候，杨柳依依，在春雨中拂动着鹅黄色枝条的样子，仿佛就在眼前。少年时的阅读情怀，总是带着难忘的心情和想象的，它对人的影响是一生的，是致命的。

第一本书的作用力竟然这样大，像是一艘船，载我不知不觉地并且无法抗拒地驶向远方。

进入了中学，我读的第一本书是《千家诗》。那是同学借我的一本清末民初的线装书，每页有一幅木版插图，和那些所选的绝句相得益彰。我将一本书从头到尾都抄了下来，记得很清楚，我是抄在了一本田字格作业本上，每天在上学的路上背诵其中的一首，那是我古典文学的启蒙。

我的中学是北京有名的汇文中学，有着一百来年的历史，图书馆里的藏书很多，许多中华人民共和国成立以前出版的老书，藏在图书馆的另一间储藏室里，门被一把大锁紧紧地锁着。管理图书馆的高挥老师，是一个漂亮的女老师，曾经是志愿军文工团的团员，能拉一手好听的小提琴。大概看我特别爱看书吧，她便破例打开了那把大锁，让我进去随便挑书。我到现在仍然清晰地记得第一次走进那间光线幽暗的屋子的情景——小山一样的书，杂乱无章地堆放在书架上和地上。我是第一次见到世界上居然有这样一个地方藏着这样多的书，真是被它震撼了。

在图书馆中翻书，是那一段时期最快乐的事情。我像是跑进深山探宝的贪心汉一样，恨不得把所有书都揽在怀中。我就是从那里找全了冰心在中华人民共和国成立前出版过的所有文集，找到了应修人、潘莫华的诗集，黄庐隐、梁实秋的散文和郁达夫、柔石的小说，找到了屠格涅夫的六部长篇小说和契诃夫的所有剧本，还有泰戈尔的《新月集》《飞鸟集》和《吉檀迦利》，以及萨迪的《蔷薇园》和日本女作家壶井荣的《蒲公英》。

记得我第一次从那里走出来，沾满尘土的手里拿着两本书，我忘记了是上下两卷的《盖达尔选集》，还是两本契诃夫的小说集。我们学校图书馆的规矩是每次只能够借阅一本书，大概高老师看见了我拿着这两本书舍不得放下任何一本的样子，就对我说："两本都借你了！"我喜出望外的样子，一定如现在的孩子得到了一张心仪歌星的演唱会的门票一样。我和高老师长达近半个世纪的友情，就是这样开始的。

那时，我沉浸在那间潮湿灰暗的屋子里，常常忘记了时间。书页散发的霉味，也常常闻不到了。不到图书馆关门，高老师在我的身后微笑着打开了电灯，我是不会离开的。那时，可笑的我，抄下了从那里借来的冰心的整本《往事》，还曾天真却是那样认真地写下了一篇长长的文章——《论冰心的文学创作》。虽然它一直悄悄地藏在笔记本中，到高中毕业也没有敢给一个人看，却是我整个中学时代最认真的读书笔记和美好的珍藏了。在以后的日子里，有一年，我曾经见到冰心先生，很想告诉她老人家这桩遥远的往事，想了想，没有好意思说。

在我初三毕业的那年暑假，我认识了我们学校一个高三的学生，他的名字叫李园墙。那时，学校办了一个板报叫《百花》，每期上面都有他写的《童年纪事》，像散文，又像小说。我非常喜欢读，特别想认识他。就在这年的暑假，他刚刚高考完，邀请我去了他家里，他向我推荐了萧平的《三月雪》《海滨的孩子》和《玉姑山下的故事》，借给我上下两册李青崖翻译的《莫泊桑小说选》。这是我第一次知道法国还有个作家叫莫泊桑，他的《羊脂球》《我的叔叔于勒》《菲菲小姐》《月光》《一个诺曼底人》，都让我看到小说和生活的另一面。他说看完了再到他家里换别的书。我很感谢他，觉得他很了不起，看的书那么多，都是我不知道的。我渴望从他那里开阔视野，进入一个新的天地。

这两本书我看得很慢，几乎看了整整一个暑假，就在我看完这两本《莫泊桑小说选》，到他家还书的时候，他已经不在家了。他没有考上大学，被分配到南口农场上班去了。没有考上大学，不是因为学习成绩，而是因为他的家庭出身。

从他家出来，我心里很怅然。莫泊桑，这个名字一下子变得很伤感。他的小说，也让我觉得弥漫起一层世事沧桑难预料的迷雾。

其实，说实在话，有些书，我并没有看懂，只是有一些似是而非的印象和感动，但最初的那些印象，却是和现实完全不同的，它让我对未来的生活充满了想象，总觉得一定会有什么事情发生，而那一切将会是很美好的，又有着镜中花水中月那样的惆怅。我一直这样认为，青春季节的阅读，是人生之中最为美好的状态。那时，远遁尘世，又涉世未深，心思单纯，容易六根剪净，那时候的阅读，便也就容易融化在青春的血液里，镌刻在青春的生命中，让我一生受用无穷。而在这样的阅读之中，文学书籍的作用在于滋润心灵，给予温馨和美感，以及善感和敏感，是无可取代的。日后长大当然可以再来阅读这些书籍，但和青春时的阅读已是两回事，所有的感觉和吸收都是不一样的。青春季节的阅读和青春一样，都是一次性的，无法弥补。一切可以从头再来，只是安慰自己于一时的童话。

青春季节的阅读，确实是最美好的人生状态，是青春最好的保鲜剂和美容剂。但我始终以为青春的阅读，已经是较为成熟的阅读季节，它应该萌芽于童年，也就是说，童年时读的第一本书的作用力至关重要，它会是帮助你打下人生底子的书，潜移默化地影响你的一生。

地平线，遥远的地平线

读书破万卷质疑

现在，我越发对"行万里路，读万卷书"和"读书破万卷，下笔如有神"这样的说法感到怀疑。行万里路，一个人是可以做到的，红军在那样艰苦的环境下，都可以长征两万五千里，现在交通状况完全现代化，更是不在话下。读万卷书，对于我们普通人，恐怕要打一个问号了。作为读书的一种口号，这样的说法自然是不错的，但人这一辈子真的有必要去读万卷书吗？

少年时家穷，没有几本书。第一次见到那样多的书，而且是藏在有玻璃门的书柜里，是我在一个同学家里看到的，他父亲是当时《北京日报》的总编辑周游。那时，我真的很羡慕。渴望万卷书，坐拥书城，是少年的梦想。其实，也是那时的虚荣。

这种读书的虚荣，一直延续很久。

记得从北大荒插队回北京当老师，是四十六年前，1974年的春天。发第一个月的工资时，我买了一个书架，花了二十二元，那时我的工资是四十二元半。这是我的第一个书架，从那时起，我便开始渴望有书将书架塞满。

十年之后，1984年，我从平房搬入楼房，买了四个书柜。那时，所有家具都不好买，每一种家具都要工业券。说起工业券，现在的年轻人会很陌生，那是上一个时代计划经济的产物，要买日常家用大一点的物品都需要工业券，越大的物品，需要的工业券数额越多。比如，买当时结婚用的"三大件"——缝纫机、自行车、大衣柜，没有一定数额的工业券是不行的。我想买书柜，但我没有那么多的工业券。一个拉平板车为顾客送货上门的壮汉，看见我在书柜前"转腰子"，走上前来和我打招呼，问我是不是想买书柜。我说是，就是没有工业券。他把我拉到门外，对我说他有办法，但每个书柜需要加十元钱。那时候，每个书柜只要六十元。我的工资从每月四十二元半涨到四十七元，但四个书柜加上加价一共将近三百元，不是个小数目。求书柜心切，我咬咬牙答应了他的加价。过了两天，他真的把四个崭新的书柜送到了我家。

有了四个新书柜，让书把书柜塞满，成了那一阵子的活儿。读书破万卷，对我依然诱惑力颇大。仔细想想，塞满四个书柜里的那些新买来的书，至今很多本都是从来没有读过的。读书的虚荣，藏在买书之中，藏在我家的四个书柜之中。

如今，几次搬家后，当年买的四个书柜早被淘汰，现在有了十个书柜，买的书，藏的书，与日俱增，让我显得很有学问，仿佛读了那么多的书，颇像老财主藏粮藏宝一样，心里很满足。读书万卷，依然膨胀着读书的虚荣。

大概是年龄的增长，对于读书的理解，和年轻时不大一样了吧。再加上家里的书越发多，不胜其累，便越发对读书万卷产生了怀疑。我不是藏书家，只是一个普通的作者兼读者，买来的书，是为了看的，不是为了藏的。清理旧书便迫在眉睫，发现不少书其实真的没用，既没有收藏价值，也没有阅读价值，有些根本连翻都没翻过，只是平添了日子落上的灰尘。想起曾经看过田汉的话剧《丽人行》，有这样的一个细节：丽人和一商人同居，开始时，家中的书架上，商人投其所好，摆满琳琅满目的书籍，但到了后来书架上摆满的都是丽人形形色色的高跟鞋了。心里不禁嘲笑自己，和那丽人何其相似，不少书不过也是充当了摆设而已。买书不读，书便没有什么价值。于是开始下决心，一次次处理那些无用的书或自己根本不看的书，然后毫不留情地把它们扔掉，连送人都不值得。

我相信很多人会和我一样，买书和藏书的过程，就是不断扔书的过程。买书、藏书和扔书并存，是一枚三棱镜，折射出的是我们自己对于书认知的影子。

现在，我越发相信，读书万卷，只是听起来一个很好听的词汇，一个颇具诱惑力的美梦，一个读书日动人的口号。我仔细清点一下，自己应该算是个读书人吧，但自己读过万卷书吗？没有。那么，为什么要相信这样虚荣的读书诱惑？为什么还要让别人也相信这样虚荣的读书口号呢？

书买来是给自己看的，不是给别人看的，正经的读书人（刨去藏书家），应该是书越看越少，越看越薄才是，再多的书中，能让你想翻第二遍的，少之又少。想明白了这一点，会发现贴满家中几面墙的十个书柜里，填鸭一般塞满的那些书，有枣一棍子没枣一棒子买来的那些书，不是你的六宫粉黛，不是你的列阵将士，不是你的秘籍珍宝，甚至连你取暖烧火用的柴火垛和如厕的擦屁股纸都不是，是真真用不了那么多的，需要毫不留情地扔掉。在扔书的过程中，我这样劝解自己：没有什么舍不得的，你不是在丢弃多年的老友和发小儿，也不是抛下结发的老妻或新欢，你只是摈弃那些虚张声势的无用之别名，和以为"书中自有颜如玉""书中自有黄金屋"的虚妄和虚荣，以及名利之间以文字涂饰的文绉绉的欲望。

我不知道别人如何，对于我，这些年扔掉的书，比书架上现存的书肯定要多。尽管这样，那些书依然占着我家整整十个书柜。下定决心，坚决扔掉那些可有可无的书，是为拥挤的家瘦身，为自己的读书正本清源。因为只有扔掉书之后，方才能够水落石出一般彰显出读书的价值和意义。一次次淘汰之后，剩下的那些书，才是与我不离不弃的，显示出它们对于我的作用是其他书无可取代的；我与它们形影不离，说明了我对它们的感情是长期日子中相互依存和彼此镜鉴的结果。这样的书，便如同由日子磨出的足下老茧，不是装点在面孔上的美人痣，为的不是好看，而是走路时有用。

真的，不要再相信"读书破万卷，下笔如有神""行万里路，读万卷书"一类诱惑我们的诗句和口号。与其做那读万卷书的虚荣乃至虚妄之梦，不如认真地、反复地读一些甚至只是几本值得你读的好书。罗曼·罗兰说，人这一辈子，真正的朋友，其实就那么几个。也可以说，人这一辈子，真正影响你并对你有帮助的书，一定不是那么虚荣和虚妄的万卷，而只要那很少的几本。

借书奇遇记

三十三年前，1971年的冬天，我正在队里的猪号里干活。那天晚上，刮起了铺天盖地的"大烟泡儿"，饲养棚的门被推开了，我发现是我的一个在场部兽医站工作的同学。从他们那里到我这里，他走了整整九公里的风雪之路。他是特意来找我的，我以为出了什么事情。

他不容分说，匆忙地拉着我就走，外边的雪下得正猛，我们两人冲进风雪中。白茫茫的一片，立刻就吞没了我们。

一路上，我才知道，他们兽医站有一个叫作曹大肚子的人，是钉马掌的，他不知怎么听说我特别想看书，就在那天的晚上要下班的时候，对我的这个同学讲："你让你的那个同学肖复兴来找我！他不是爱看书吗？"

虽然对这个曹大肚子心存疑惑，但也幻想着他备不住会藏龙卧虎。我们两人急匆匆往兽医站赶。第二天一清早，曹大肚子出现在我们的面前，同学向他介绍我的时候，我看出他有几分惊讶。他没有想到风雪之中我们是如此神速。

第一印象，是很深刻的。他中等个儿，很胖，穿着一身旧军装，挺着小山凸起的大肚子，双手背在身后，眼睛望着上面，似乎根本没有看我，有几分傲慢地问我："你都想看什么书呀？写个书单子给我吧！"

我当时心想：莫非这家伙真是有藏书，还是驴死不倒架摆这个派头？因为我知道他以前是我们农场办公室的主任，当过志愿军，1958年随十万转业官兵到北大荒，"文革"中被批斗之后，发配到兽医站钉马掌。但他那口气似乎不容置疑，半信半疑之中，我写下三本书的书名。到现在我依然清晰地记得，一本是亚里士多德的《诗学》，一本是伊萨科夫斯基的《论诗的秘密》，一本是艾青的《诗论》。说老实话，我心里是想为难他一下，让他别那么牛，这三本书当时就是在北京也不好找，别说在这荒凉的北大荒了。

谁想到，第二天一清早，他把用报纸包着的三本书递在我的手中，我打开一看，居然一本不差。我对他不敢小看，不知水到底有多深。

在北大荒最后的两年，曹大肚子那里成了我的图书馆。但是，每一次借书，他都要我写个书单子，他回家去找，这成了一个铁打不动的规矩。一般他都能够找到，如果找不到，他就替我找几本相似的书借我。他从不邀请我到他家直接借书。我也理解，既然藏着这么多的书，他肯定不想让人知道，要知道那时候这些书都属于"封资修"，谁想惹火烧身呀？我便和他一直保持着这样的借书关系，每一次都跟地下工作者在秘密交换情报似的。

心里总是充满着好奇，这家伙到底藏着多少书？便蠢蠢欲动总想到他家里去看个究竟。这样的念头就像是皮球一次次被我压进水里，又一次次地浮出水面。

1974年的春天，我离开了北大荒，就在我离开之前的那年秋天，我下决心不请自来，到他家里去一探虚实。到现在也忘不了那个晚上，我刚刚推开他家的篱笆门，一条大黄狗汪汪叫着就扑了上来，一口咬在我的右腿上，把我扑倒在地。曹大肚子两口子闻声跑了出来，一看是我，把狗唤住牵过去后忙问："咬着没有？"幸亏我穿着毛裤，才没咬伤我的肉。不过，外面的裤子和里面的秋裤都被咬了个大口子。曹大肚子只好无可奈何地把我迎进门。

一进屋，我就四下打量。里面只有一间屋子半间炕，几把破椅子，一个长条柜，那些书都藏在哪里呢？曹大肚子知道我到他家来的目的，却还是像平常那样不动声色，递给我一张纸和一支笔，依然是老规矩，让我先写书名，然后拿起我写的书单子，没有任何表情地说了一句"我帮你找找看"。看来我被他家狗咬的惊险举动，根本没有感动他。

那次，我写的是陈登科的《风雷》、费定的《城与年》等几个书名。他让我等等，自己一个人走出了屋。他老婆在里屋踩着缝纫机替我补被狗咬破的裤子，一时没注意我。缝纫机的声音很响，像是我怦怦的心跳声。我犹豫了一下，还是穿着一条秋裤，悄悄地跟着他走出了屋。只见他走进他家屋旁的一间小偏厦，那一般是家里放杂物和蔬菜的仓库。门很矮，他凸起的大肚子很碍事，弯腰走进去有些艰难。看他走进去了半天，我在犹豫是不是也跟着进去。那条大黄狗正吐着舌头，蹲在偏厦门口不远的地方，凶狠狠地望着我。我到底忍不住好奇心的诱惑，豁出去了，还是走了过去，一边走一边胆战心惊地望着那狗，还好，它没叫唤，也没扑过来。

走进偏厦一看，好家伙，满满一地都是用木板子钉的箱子，足足十几个，里面装的都是书。那一刻，我真的有些震惊，想不到一个老北大荒人，在那样偏僻的地方，居然能够拥有那么多的书，而且把这么多的书藏了下来，心里暗想，这得花多少工夫、精力和财力才能够做到啊。

曹大肚子正俯着身子，聚精会神地替我找书。我站在他的身后好久，他居然没有发现。门敞开着，风吹进来，吹得马灯的灯芯和他一样弓着，和他胖胖的弯腰的影子一起映在墙壁上，很像是一幅浓重的油画。

这时候，他回过头来，看见了我，他先是惊讶地眉毛一挑，然后嘿嘿一笑，我也跟着他嘿嘿一笑。那一刻，我到现在还清晰地记得，他的手正从箱子里拿出一本陈登科的《风雷》。

从此，他家对我门户开放。我非常感谢他和他的那些书，在那些充满寂寞也充满书荒的日子里，他家的那些书奇迹般地出现，让我感到荒凉的北大荒神奇的一面，让我对书、对这片土地不敢小视、不敢怠慢、不敢轻薄，让那些日子有了丰富而温暖的回声。

2004 年 8 月北大荒归来

正欲清谈逢客至

一

"正欲清谈逢客至，偶思小饮报花开。"这是放翁的一联诗。很多年前，在一家客厅的中堂对联读到它（后查《剑南诗稿》，句为"正欲清言闻客至，偶思小饮报花开"，但觉得还是对联更好），很喜欢，一下子记住，至今未忘。

"偶思小饮报花开"，是想象中的境界，正要举杯小酌，花就开了，哪儿这么巧？这不过是文学蒙太奇的笔法，诗意的渲染而已。但是，正要想能有个人一起聊聊天的时候，这个人如期而至，或不期而至，尽管不常有，总还是会出现。过去有句老话，叫作"说曹操，曹操到"，也有这层意思，只是没有这句诗雅致，而且，说曹操，可能只是一时说起，并没有想和曹操有交谈的意思。

"正欲清谈逢客至"，这样的情景，是生活温馨的时刻，是人生难得的际遇。

二

读高一那年，学校图书馆的高挥老师，突然来到我家。上小学以来，读书九年，没有一位老师家访。高老师是第一位。

学生从图书馆借书，要填写书单，由高老师找好，从窗口借给学生。高老师允许我进图书馆挑书，在全校是破天荒的事情。为此，有同学和高老师大吵，说她是培养"修正主义"苗子。由此，我对高老师感到亲切，她比我姐姐大一岁，很想和她说说心里话，没想到她突然出现在我家的时候，竟然说不出什么话了。

高老师知道我爱看书，特意到家来看我。她不是我的班主任，没有家访的任务。当然，这也不是家访。家访不会让我感到那样亲切，让想我和她说好多的话。

在窄小的家里，她看到我仅有的几本书，被塞在一个只有二层的小破鞋箱上，委屈地挤在墙角。她当时并没有说话，五十多年过后，前几年，我见到她，她才对我说起。我知道日后她破例打开图书馆有百年藏书历史的仓库，让我进里面挑书；我去北大荒前，从她手里借的好几本书再未归还；都和这个小破鞋箱有关。

三

父亲去世后，我从北大荒困退回北京，待业在家，无聊之极，整天憋在小屋里。母亲说我跟糗大酱一样，都快糗出蛆，劝我出去走走，找人聊聊天。找谁呢？我是回来很早的知青，大多数同学还都在全国各地的乡下插队。白天，大人上班，小孩上学，大院格外清静，我家更是门可罗雀。

一天，有一个小姑娘来我家，她是邻居家的小孩，叫小洁，六岁，还没有上学。她拿着一本硬皮精装的书,把书递给我,我打开一看,里面夹着的都是花花绿绿的玻璃糖纸。她从书里拿出几张不同颜色的玻璃糖纸,对我说:"你把糖纸放在你的眼睛上,能看到不同颜色的太阳!"然后问我:"好玩吧?"我知道,她是想和我一起玩,一起说说话。

我问她:"你怎么有这么多的糖纸呀?"她一仰头说:"攒的呀!我爸我妈过年给我买好多糖,吃完糖,我把糖纸就都夹在这本书里了。"说着,她让我看她的这些宝贝,书里面好多页之间夹着一张或两张玻璃糖纸,快把整本书夹满了。每张糖纸的颜色和图案都不一样,花团锦簇,非常好看。我一页一页认真地翻,一页一页地看,从头看到尾。

好多天里,她都跑到我家,和我一起翻这本书,看糖纸,还不住指着糖纸问我:"这种糖你吃过吗?"我逗她,摇头说:"没吃过。"她就说:"等下次我妈再给我买,我拿一块给你尝尝。"

几年以后,我搬家离开大院前,小洁跑到我家,要把这本夹满糖纸的书送给我。我连忙推辞。她却很坚决:"我爸我妈总给我买糖,我的玻璃糖纸多的是!再说,我看出来了,你喜欢这本书里的诗。"说完,她俏皮地冲我诡谲一笑。

这是一本诗集,书名叫《祖国颂》,中国青年出版社出版。

四

父亲是清早到前门楼子后面的小花园里打太极拳,一个跟头倒下,突然走的。那时,我在北大荒,弟弟在青海,姐姐在内蒙古,家里只有母亲一个人,她孤苦伶仃,束手无策,正想找个人商量一下怎么办理父亲的后事,焦急万分地没着没落。就是这么巧,老朱恰逢其时地出现在我的家里。

老朱是我的中学同学，和我在北大荒同一个生产队。他回北京休探亲假，假期已满，买好第二天回北大荒的火车票，临离开北京前到我家来，本是想问问家里给我带什么东西，没有想到母亲一把抓住他的手，他面对的是母亲泪花汪汪的老眼。老朱安慰母亲之后，立刻到火车站退了车票，回来帮助母亲料理父亲的后事，一直等到我从北大荒赶回北京。

是的，这一次，不是我在家里正欲清谈而恰逢客至，是我的母亲，是比清谈更需要有人到来的鼎力相助。那一天，老朱如同从天而降突然出现在母亲的面前，现在回想起来，简直是比书中或电影里的巧合还要不可思议。但是，就是这样：一触即发之际，才显示客至时情感的含义；雪中送炭，才让人感到客至时价值的分量；心有灵犀，才是放翁这句诗"正欲清谈逢客至"的灵魂所在。

2021年12月16日于北京大风中

地平线，遥远的地平线

夏日读放翁

说起放翁，有人拿《红楼梦》说事，借林黛玉之口，贬斥放翁。是说香菱学诗一节，香菱喜欢放翁的"重帘不卷留香久，古砚微凹聚墨多"一联，黛玉不以为然，说不好，断不可学这样的诗。其实，因为香菱和宝玉"有一腿"，黛玉忌恨香菱，让放翁跟着吃挂落儿罢了。

公正说，这一联确实不是放翁最好的诗，却也绝对不是最差的。"举世知心少，平生为口忙""纸新窗正白，炉暖火通红"，才实在是差。后来，有人引钱穆先生对这联诗的解读，说这联诗中"无我"。不过，从对仗的角度、古典的意味来讲，真不至于拿它作为批评放翁的靶子。清末民初，不少人家愿意拿这联诗，连同诸如"正欲清言逢客至，偶思小饮报花开"等，作为家中客厅悬挂的对联。

放翁诗多，参差不齐，流于直白平庸且自我重复的，确实不少。如同肉埋在饭里，花藏在草中，好诗也实在不少，需要在《剑南诗稿》中仔细翻检，便常会眼前一亮，有惊喜的发现。

我特别喜欢放翁晚年对于日常司空见惯的生活的捕捉。那种捕捉是敏感的，是发乎于情的，是对于琐碎甚至艰辛日子由衷的喜爱，是具有草根性的。放翁没有把自己摆成一副诗人的架子，他就是乡间的一位老人，用一双慈眉善目平和而又富有诗情地看待眼前的一切。

所以，他才能够"唤客家常饭，随僧自在茶"，他才能够"未辨药苗逢客问，欲酬琴价约僧评"。家常和自在，是他心的基调和底色，他才能够关心药苗并不耻下问，买琴这样的小事也要虚心请教行家。

可以看出，写诗之前和之时，放翁的姿态是躬身的，而不是鹅一样昂着脖子。他的心是如此平易，他关心的才会是农时稼穑、家长里短，他才会写出"久泛江湖知钓术，晚归垄亩授农书""百世不忘耕稼业，一壶时叙里闾情"，他才会写出"邻父筑场收早稼，溪姑负笼卖秋茶""草苫墙北栖鸡屋，泥补桥西放鸭船"。钓术、农书、晒场、卖茶、养鸡、放鸭……这些最为普通常见的农事，被放翁裁诗人韵，而且对仗得这样巧妙工整，又朴素实在、毫不空泛，那么有滋有味，真的让我佩服。

看到放翁自己这样说："试说暮年如意事，细倾村酿听私蛙。"还看到他这样感慨："但恨桑麻事，无人与共评。"便明白了，为什么对于乡间的日常生活场景、风土人情，乃至花草虫鱼，这些细小而琐碎的东西，放翁寄予如此深情，以极其敏感而善感的心捕捉到、感受到，并把它们书写在诗中。这确实是一种与生俱来的本事。他不是以一个旅游者或采风者的身份走马观花，也不似如今那些大腹便便的人客居乡间别墅的居高临下。他就是一个农民。在这样的诗中，他的身影摇曳在田间地垄、桥头水上。这样的诗，很像二十世纪三四十年代沈从文写的湘西山村那些泥土气息浓郁的篇章。

"市桥压担莼丝滑，村店堆盘豆荚肥。"担上莼丝鲜滑，盘中豆荚肥美，多像是一幅乡情画，是齐白石或陈师曾画的那种画。

"三更画船穿藕花，花为四壁船为家。"多么美。船在藕花中穿行，在放翁的眼睛里如花围四壁的家一样。这样的联想，属于诗，更属于心。

"船头一束书,船后一壶酒。新钓紫鳜鱼,旋洗白莲藕。"同样是船在藕塘水中,却是另一种写法。完全白描,有书有酒,有鱼有藕,多么闲适,多么幽情,又多么乡土。"紫鳜鱼"对"白莲藕","新"对"旋",有色彩,有心情,对得多么朴素又惬意。

"旱余虫镂园蔬叶,寒浅蜂争野菊花。"旱情中的情景,秋寒时的情景,放翁眼睛里看到的是多么细致且别致。

"巢干燕乳虫供哺,花过蜂闲蜜满房。"同样写虫写蜂,在春夏生机旺盛的时候,是完全不一样的情景。虫子只能供燕子吃了,蜜已酿满,蜜蜂可以清闲自在地飞了。

再看"花贪结子无遗萼,燕接飞虫正哺雏",是对上一联燕子捕虫哺雏的另一种写法,或者是补写;而写花则是上一联的延长线,写花期过后结籽时节的丰满。一个"贪"字,一个"接"字,将这两种状态写得多么生动有趣。

如果将这三联相对比读,会让人感到大自然的奇妙,也让人感到放翁的笔细若绣花针,为我们绣出一幅幅姿态各异的乡间绣花样来。

有时候,会觉得晚年的放翁实在不老,眼睛也没有花。"绿叶忽低知鸟立,青萍微动觉鱼行",他看得多么清楚,多么仔细。在绿叶之间和青萍瞬间的忽高忽低和微微一动时,便察觉出鸟和鱼的心思和举动来。这是一种什么样的眼神?

有时候,会觉得晚年的放翁简直就像一个孩子,"老翁也学痴儿女,扑得流萤露湿衣",与其说这是一种对诗书写的方式,不如说更是对生活的一种态度,对生命的一种放松。

晚年放翁的诗中不少写到读书、抄书。"古纸硬黄临晋帖,矮笺匀碧录唐诗""细考虫鱼笺尔雅,广收草木续离骚""藜粥数匙晨压药,松肪一碗夜观书""唤客喜倾新熟酒,读书贪趁欲残灯""研朱点周易,饮酒和陶诗""素壁图嵩华，明窗读老庄""浅倾家酿酒，细读手抄书"……一直到八十多岁的时候，他还写出了"岂知鹤发残年叟，犹读蝇头细字书"。真的让我非常感动。不是所有能活到这把年纪的老人，都能这样的。这一联诗，我非常喜欢，看他对仗得多工稳，"鹤发"对"蝇头"，"残年"对"细字"，真的让我心折。

其实，老年放翁贫病交加，日子过得并不如意。但是，一个人的日子过的不仅仅是物质，还有心态和精神头儿。他在诗中不止一次这样写道："一条纸被平生足，半碗藜羹百味全""云山万叠犹嫌浅，茆屋三间已觉宽"。现在的聪明人看，这个老头儿实在有些阿Q精神。在住大房子、游历世界千山万水、尝遍各地山珍海味，越来越成为富裕起来的人们的梦想的时代，一条纸被、半碗藜羹、三间草屋，实在是太寒酸了。

但是，就是这样寒酸的放翁，为我们留下了这样多美妙的诗。放翁晚年有理由骄傲地说："脱巾莫叹发成丝，六十年间万首诗。排日醉过梅落后，通宵吟到雪残时。"迄今为止，没有一个诗人可以超越他。他是真正的诗人，他的诗不是生活的花边，他的诗和他的生命融为一体。

晚年放翁曾经写过一首题为《病愈》的七律："秋夕高斋病始轻，物华凋落岁峥嵘。蟹黄旋擘馋涎堕，酒渌初倾老眼明。提笔诗情还跌宕，倒床药裹尚纵横。闲愁恰似憎人睡，又起挑灯听雨声。"这就是放翁，他的达观，他的顽皮，他的情趣，他的诗情，他的生命活力，都淋漓尽致地表露出来。看完这首诗，我把它抄了下来，一夜背诵，一夜未眠。窗外没有雨声，只有五月的风吹下满地落英。

三　冬果兩食

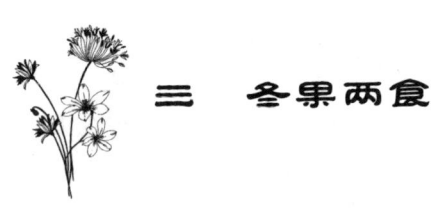

栗香菊影慰乡愁

老北京冬天的大街上，有两种小摊最红火，一种是卖烤白薯的，一种是卖糖炒栗子的。卖烤白薯的，围着的是一个汽油桶改制的火炉；卖糖炒栗子的，则要气派得多，面对的是一口巨大的锅。清《都门琐记》里说："每将晚，则出巨锅，临街以糖炒之。"《燕京杂记》里说："每日落上灯时，市上炒栗，火光相接，然必营灶门外，致碍车马。"巨锅临街而火光相接，乃至妨碍交通，想必很是壮观。而且，一街栗子飘香，是冬天里最热烈而温暖浓郁的香气了。如今北京卖糖炒栗子的，虽然不再是巨锅临街，火光相接，已经改成电火炉，但糖炒栗子香飘满街的情景依然在，而沿街围着汽油桶卖烤白薯的则很少见了。

早年间，卖糖炒栗子的，大栅栏西的王皮胡同里有一家最为出名，那时候，有竹枝词唱道："黄皮漫笑居临市，乌角应教例有诗。"黄皮，指的就是王皮胡同；乌角，说的就是栗子。将栗子上升为诗，大概是因为经过糖炒之后的升华，是对之最高的赞美了。

当然，这是文人之词，比起烤白薯，文人对于糖炒栗子更为钟情，给予更多更好听的词语，比如还有"栗香前市火，菊影故园霜"，将栗子和文人老牌的象征意象的菊花叠印一起，更是颇有拔高之处。不过，诗中所说的由栗子引起的故园乡情，说得没错。我到美国多次，没有见过一个地方有卖糖炒栗子的，馋这一口时，只好到中国超市里买那种真空包装的栗子，味道真的和现炒现卖的糖炒栗子差得太远。

有一年十一月，我去南斯拉夫（那时候，南斯拉夫社会主义联邦共和国还没有解体），在一个叫尼尔的小城，晚上，我到城中心的邮局寄明信片，在街上看到居然有卖栗子的，虽不是在锅里炒的，是在一个像咖啡壶一样小小的火炉上烤的。烤制的器具袖珍，栗子个头儿却很大。我买了一小包尝尝，虽然赶不上北京的糖炒栗子甜，味道却一样，绵柔而香气扑鼻，一下子，北京的糖炒栗子摊，近在眼前。

尽管他卖的是烤栗子，不是糖炒栗子，但是，能够买到吃到这样的栗子，也堪慰乡愁了。想起周作人当年写的《苦茶庵打油诗》，其中有一首写道："长向行人供炒栗，伤心最是李和儿。"不管他是如何借李和儿之典来为自己当时的附逆心理遮掩，单说这个南宋在汴京卖糖炒栗子出名的李和儿，在当时的燕京城为从汴京来的人所献糖炒栗子而伤心洒泪，其怀乡的乡愁之浓郁，足以感人。在异国他乡，虽吃的不是家乡的栗子，栗子中的乡愁之味，是一样的。

比起糖炒栗子，南方有卖煮栗子的，每个栗子都剪出三角小口，而且加上了糖桂花，味道却差了些。缺少了火锅沙砾中的一番翻炒，就像花朵缺少了花香一样，虽然还是那个花，意思差了很多。桂花的香味，和栗子的香味，不是一回事。

制作糖炒栗子并不复杂，《燕京杂记》里说："卖栗者炒之甚得法，和以砂屑，沃以饴水，调其生熟之节恰可至当。"一直到现在，糖炒栗子，变煤火为电火，但还是依照传统旧法，只是有的减少了饴糖水这一节。糖炒栗子变成了火炒栗子，缺少了那种甜丝丝的味道了，也缺少了外壳上那种油亮亮的光彩了。

记得那年十月在日本广岛一个非常大的超市里，我看到好多处卖糖炒栗子的，每一处都挂着醒目的幌子，上面写着"天津栗子"，这让我有些好奇，因为北京卖栗子，都是以房山或河北迁西的栗子为最佳，为招牌，没听说卖过天津栗子的。不过，广岛的栗子，个大又匀称，而且皮油亮油亮的，像美过容一样好看，确实要比北京卖的栗子更有颜值。

京城卖糖炒栗子的有很多，让我难忘的一家——说是一家，其实就是一个人。他是我在北大荒的一个"荒友"，同样的北京知青，二十世纪九十年代初，他从北大荒回到北京，待业在家，干起了糖炒栗子的买卖，是较早卖糖炒栗子的个体户。他在崇文门菜市场前，支起一口大锅，拉起一盏电灯，每天黄昏时候，自己一个人拳打脚踢，在那里连炒带卖带吆喝，以此维持一家人的生计。那里人来人往，他的糖炒栗子卖得不错。他人长得高大威猛，火锅前，抡起长柄铁铲，搅动着锅里翻滚的栗子，路旁的街灯映照着他汗珠淌满的脸庞，是那样英俊。我不敢说他卖的糖炒栗子最好吃，却敢说他是卖糖炒栗子中最靓丽的美男一枚。

如今，北京城卖糖炒栗子的，"王老头"是其中出名的一家，因为出名，他们还特意将"王老头"三字注册为商标，可谓京城独一份。二十多年前，"王老头"的糖炒栗子，是榄杆市临街一家不起眼的小摊，因为他家的糖炒栗子好吃，专门跑到那里买的人很多。我也是其中之一。确实好吃，不仅好吃，关键是皮很好剥开。栗子不好保存，卖了一冬，难免会有坏的。因此，衡量糖炒栗子的质量，除栗子坏的要少，肉要发黄，以证明其是本季新鲜的之外，就是皮要好剥。好多家卖的糖炒栗子的皮很难剥开，是因为火候掌握的问题。可以看出《燕京杂记》里说的"调其生熟之节恰可至当"，是重要的技术活儿。

"恰可至当"，不那么容易。

　　前些年修两广大街的时候，拓宽榄杆市，拆掉了沿街两旁的很多房屋，"王老头"搬至蒲黄榆桥北，靠近便宜坊烤鸭店，店铺虽然不大，但比起以前要气派得多，而且，门前还有显眼的"王老头"招牌。我每一次从国外回到北京，先要到"王老头"那里买栗子，以慰乡愁。

2021 年 2 月 2 日改毕于北京

过年五吃

春节是我们中国最大的一个节，传统的说法叫作过年。一个"过"字，含义众多，对于普通百姓而言，尤其对于小孩子，其中一个含义是和"吃"字等量齐观的。这和我们长期处于农业时代有关，也和我们长期经济不发达有关，吃便显得格外重要，过年大吃一顿解解馋，是以往那个拮据日子里人们的一种盼望。如今，尽管经济早已有了长足的发展，吃喝不愁，但是，长期形成的过年吃食的讲究，已经流传下来，不仅成为我们味蕾的一种顽固记忆，也成为我们春节民俗的一种传统。

过年的饺子，自然是春节吃食的头牌。不必说它，只说说记忆中的小吃，尽管只是配角，对于北京人而言，却一样是不可或缺的。如果说过年的餐桌排兵布阵，是一场大戏，主角自然必不可少，七大碟，八大碗，现在也越来越不在话下，但是，如果缺少小吃这样的配角出场，也会少了色彩，少了滋味。特别是主角和主将越来越讲究的如今的春节，重新认识这些配角，恐怕更会让我们过得多一些年味儿呢。

现在想起来，在我的小时候过年，小吃很多，对于我不能缺少的小吃，有这样五种：杂拌儿、糖葫芦、金糕、芸豆饼，还有"心里美"的萝卜。

杂拌儿，在老北京分为糙细两种：细杂拌儿，有桃、杏、太平果等各种果脯，金丝小枣，蜜饯的冬瓜条，蘸糖的藕片和青梅；糙杂拌儿，主要有虎皮花生、花生蘸、核桃蘸、风干的金糕条、染上各种颜色的糖豆（包在里面的是黄豆），还必须得撒上青红丝。小时候过年，就盼望着家长买回杂拌儿来。因为价钱贵，平常日子里，是吃不到的，这是过年才有的特供。细杂拌儿比糙杂拌儿要更贵一些。如今，各种果脯和蜜饯都还有的卖，但蘸糖的藕片和冬瓜条少见了。不过用蜜饯的冬瓜做成馅，再配其他果料，做成的点心，南北方都有。冬瓜条由外潜藏于内，让我们少了过年时的一种口味。糙杂拌儿，就是现在的干果大杂烩，已经成为必需的"每日干果"。但是，现在的没有青红丝。没有了青红丝的干果，便不叫糙杂拌儿，别看只少了这两样，却是像做汤少了盐一样，少了滋味。这滋味是记忆的滋味，是传统的滋味。

糖葫芦，比杂拌儿要张扬。这也怪杂拌儿个头儿太小，放在盘子上，拿在手心里，跟豌豆公主似的，都不显眼。糖葫芦长长一串，红红火火，多么打眼。糖葫芦也是过年的标配。杂拌儿可以不买不吃，但糖葫芦，哪家的孩子不要买上一串呢？可不是平常日子里走街串巷的小贩插在草垛子上卖的糖葫芦，得是那种长长的、一串得有四五尺长的大串糖葫芦。这种糖葫芦，因其长，一串又叫一"挂"。以前，民间流传竹枝词说："正月元旦逛厂甸，红男绿女挤一块，山楂穿在树条上，丈八葫芦买一串。"又说："嚼来酸味喜儿童，果实点点一贯中，不论个儿偏论挂，卖时大挂喊山红。"这里说的"大挂"，就是这种丈八蛇矛长的一挂山糖葫芦。春节期间逛庙会，一般的孩子都要买一挂，顶端插一面彩色的小旗，迎风招展，扛在肩头，长得比自己的身子都高出一截，永远是老北京过年壮观的风景。如果赶上过年下雪，糖葫芦和雪红白相衬，让过年多了一种鲜艳的色彩。

在我看来，金糕是糖葫芦的一次华丽转身。老北京过年，各家餐桌上是离不了金糕的，很多时候是拌凉菜时的一种点缀，比如凉拌菜心，它被切成细长条，撒在白菜心上，红白相间，格外明艳。这东西以前叫作山楂糕，后来慈禧太后好这一口，赐名为金糕，意思是金贵，不可多得。因是贡品而摇身一变成为老北京人过年送礼匣子里的一项内容。清时很是走俏，曾专有竹枝词咏叹："南楂不与北楂同，妙制金糕数汇丰。色比胭脂甜如蜜，解醒消食有兼功。"

这里说的汇丰，指的是当时有名的汇丰斋，我小时候已经没有了，但离我家很近的鲜鱼口，另一家专卖金糕的老店泰兴号还在。当年就是泰兴号给慈禧太后进贡的山楂糕，慈禧太后为它命名金糕，还送了一块"泰兴号金糕张"的匾（泰兴号的老板姓张）。泰兴号在鲜鱼口一直挺立到二十世纪五十年代末，到我上中学的时候止。我要吃的得是那里卖的金糕。金糕一整块放在玻璃柜里，用一把细长的刀子切，上秤称好，再用一层薄薄的江米纸包好。江米纸半透明，里面胭脂色的山楂糕朦朦胧胧，如同半隐半现的睡美人，甭说吃，光看着就好看！前几年，鲜鱼口整修后，泰兴号重张旧帜，算是续上了前代的香火。

芸豆饼，可以说是我过年时情有独钟的小吃。小时候，只有春节前后的那几天，在崇文门护城河的桥头，有卖这种芸豆饼的。卖芸豆饼的都是女人，她们蹲在地上，摆一只竹篮，竹篮上面用盖布遮挡着，盖布下有一条热毛巾盖着，热毛巾下面，便是煮好的芸豆。芸豆冒着腾腾的热气，一粒粒，个儿大如指甲盖，玛瑙般红灿灿的。她们用干净的豆包布把芸豆包好，在芸豆上面撒点儿花椒盐，然后把豆包布拧成一个团，用双手击掌一般上下夸张地使劲一拍，就拍成了一个圆圆的芸豆饼。也许是童年的记忆总是天真而美好，那时也没有吃过什么好吃的东西吧，至今依然觉得那芸豆饼的滋味无与伦比。虽然不贵，但兜里没有钱，春节前几天，我天天路过那里看她们卖芸豆饼，只能把口水咽进肚子里，一直熬到过年有了压岁钱，疯跑到崇文门桥头，买芸豆饼，可劲儿地吃，感觉怎么那么好吃！

如今，以前过年的小吃，可以说应有尽有，唯独这个芸豆饼见不着了。这让我多少有些遗憾和不甘。我曾经翻到一本民国旧书《燕都小食品杂咏》，看到有一首题为"蒸芸豆"的诗："芸新豆蒸贮满篮，白红两色任咸干，软柔最适老人口，牙齿无劳恣饱啖。"诗后有注："芸豆者，即扁豆之种子。蒸之极烂，或撒椒盐，或拌白糖均可。"虽然未写裹在豆包布里的最后那一拍，但说的就是芸豆饼。我以此为据，向好多人推荐，应该让这芸豆饼重见天日，成为今天过年的一种新鲜小吃。

老北京，水果在冬天少见，萝卜便成了水果的替代品，所以一到冬天，常见卖萝卜的小贩挑着担子穿街走巷地吆喝："萝卜赛梨！萝卜赛梨！"过年我买萝卜，不是为吃，而是为看。卖萝卜的小贩，把萝卜托在手掌上，一柄萝卜刀顺着萝卜头上下挥舞，刀不刃手，萝卜皮呈一瓣瓣莲花状四散开来，然后再把里面的萝卜切成几瓣。这种萝卜必须得是"心里美"，切开后，才会现出五颜六色的花纹，捧在手里，像一朵花。吃完后，将萝卜根部泡在放点儿浅水的盘子里，萝卜根还能长出漂亮的萝卜花来，和过年守岁的水仙花有一拼呢。

2021 年 2 月 6 日写毕于北京

苍蝇馆子和洗脚泡菜

过去说起成都，都说是茶馆多，有"江南十步杨柳，成都步步茶馆"和"一街两个茶馆"之说。但是，我查阅的资料告诉我，成都的茶馆虽多，但比起餐馆来说，是小巫见大巫。仅以1935年的资料为例，成都茶馆共有599家，而餐馆却有2398家。也就是说，如果一条街上有一家茶馆的话，那么，这条街上就会有四家餐馆。根据傅崇矩的《成都通览》所载，清末成都有大小街巷516条，恰是这样子的格局。即使如今城市格局发生了巨大的变化，但是，餐馆还是遍布街巷的这样一种景观没有变化。在成都街头，无论什么时候想吃饭，都比北京要方便很多，而且无论大小餐馆，味道要好很多，价钱也要便宜很多。可以想象，大街小巷，处处都会有餐馆在时刻等着你，会是一种什么样的情景。如此多的餐馆，自然会烘云托月般托出好的餐馆、好的吃食来的。

如今的成都，由于大餐馆将川菜改良，做得越发注重形象，花团锦簇般精致。连本是热烈的火锅都变得皇城老妈江南丝绣一般针脚细密温文尔雅起来，多少将成都本土的味道用精致的刀剪给剪裁下了许多。不少成都本土人更热衷的是到那些巷子深处闻香寻美味，一般这些地方，因为地方狭窄，卫生条件差，尤其是到了夏天，人没有围上桌，苍蝇已经嗡嗡地团团围将上来，先睹为快。成都人称这样的小餐馆叫苍蝇馆子，它们常常是成都人的至爱，别看藏在陋巷茅舍，却人满为患。据说，成都人曾经专门网上投票选出成都十大苍蝇馆子，居榜首的是在猛追湾的一家"三无餐馆"，之所以叫三无餐馆，是因为它根本没有名字，全靠饭菜吸引回头客。听说它的凉拌白肉和肥汤牛排骨名气最大。前十名中，还有一家在北顺城街的苍蝇馆子，也是没有名字，因为紧靠着一个公共厕所，人们便叫它"厕所串串"，无疑，那里卖的各种串串最令食客得意。

那天中午，正赶上饭点，朋友说请我吃饭，我说别到饭店，就找一家苍蝇馆子吧。他立刻打电话，说找一位苍蝇馆子的专家，这位专家可以说是成都苍蝇馆子的活地图，曾经在报纸上开过专栏。不一会儿，电话打通了，活地图问朋友："你们现在在哪儿呢？"朋友告诉他我们的地址，他立刻脱口而出："就去吃倒桑树街的黄姐兔丁。"然后告诉我们怎么走。这个苍蝇馆子对面的标志性建筑，老远一眼即可望见。

倒桑树街，很好找，靠近锦江，离武侯祠不远。这是一条老街，街上的居民多以种桑养蚕为生。清末时，街中一株老桑树长疯了，恣肆倾斜弯曲，犹如倒长，人们便给这条街取名为倒桑树街。有活地图导航，黄姐兔丁的馆子一下子就找到了。这是一家二层小楼的苍蝇馆子，楼下楼上各能摆几张桌子，显得很拥挤。楼下已经客满，我们踩着木板楼梯上楼，感觉摇摇欲坠似的。拣了个临窗的座位坐下，朋友点了店家的招牌菜兔丁，又要了一盘拌折耳根，一盘清炒豌豆苗和一份水煮鱼。很快，一位大姐就把菜端上楼来，我问她可是店主黄姐，她摇头说是给黄姐打工的，然后对我说，这个店马上就要拆了，要吃赶紧来。

都说苍蝇馆子卫生差，这里倒是干干净净，桌椅黑乎乎的，菜却做得绿汪汪，白晃晃，折耳根的红头红得娇艳，特别是那一锅水煮鱼，味道确实不错，并非北京一些川菜馆里那样，只剩下了死辣死辣的辣味，而没有了香气撩人，就像唱歌的只会用嗓子吼，却没有了一点韵味和余音袅袅。这一顿饭才花了几十元，可谓物美价廉，是我此次来成都吃得最可口的一顿饭。

成都人讲究吃，和南方人不同，不是那种精雕细刻或繁文缛节，将味道蕴藏在大家闺秀的云淡风轻或排场之中，而是更注重家长里短，注重平民气息，注重大之外的小。我住锦江饭店，吃饭时，不管点什么菜，在端上饭的同时，必要免费给端上一小碟泡菜。不是那种腌制多日发酸且咸的泡菜，与韩国泡菜那种重口味也不同，而是像刚泡过不久，非常鲜嫩滑脆。虽是几粒青笋丁、白萝卜丁和胡萝卜丁，却搭配得姹紫嫣红。

那天，朋友来访，我问这种泡菜的做法，很想学学，回家如法炮制。我知道，有人曾总结成都有十八怪，其中一怪便是"一日三餐吃泡菜"，想一定都会做这种泡菜的。果然，朋友立刻说："我们管这种泡菜叫洗脚泡菜，意思说头天晚上睡觉前用洗脚的工夫就把它腌好了，第二天一清早就可以吃了。这是最简单的一种泡菜，什么也不要，只放一点盐，点几滴香油就可以了。"

我对朋友说："我对这种泡菜感兴趣，还在于它的名字。成都人给菜给菜馆起名字很有意思，往往愿意拣最俗的名字起，你看，管小饭馆叫苍蝇馆子，管泡菜叫洗脚泡菜，在北京，没有这么起名的。"朋友笑着说："北京不是皇城吗？起名字当然得气派些了。"我说："北京如今起名愿意起洋名字了，你看那楼盘都叫枫丹白露了，餐馆都得往什么塞纳河上招呼了。"我们都笑了起来。起名字，其实是民俗，更是一种文化情不自禁的流露。对自己的文化有自信，才会雅俗

152

一体，大雅即大俗，不怕叫苍蝇馆子就来不了食客，叫洗脚泡菜就没有人吃。

想起前辈作家李劼人解读川菜时将其分为馆派、厨派和家常派三种。馆派即公馆菜，类似我们今天的私房菜或官府菜。食不厌精，脍不厌细，一般被认为顶级；厨派即饭馆做出的菜，为第二等级。但李劼人说："馆派是基层，厨派是中层，家常派则其峭拔之巅也。"李劼人是最懂成都的人了，他道出了川菜的奥妙，也替我解开洗脚泡菜和苍蝇馆子至今依然为成都人所爱之谜。那最最俗的，恰恰在最最雅的巅峰之上"一览众山小"呢。

2012年5月24日于新泽西

地平线，遥远的地平线

白雪红炉烀白薯

如今，冬天里下着白雪围着红炉吃烤白薯，已经不新鲜，几乎大街小巷里，都能看见立着胖墩墩的汽油桶，里面烧着煤火，四周翻烤着白薯。这几年还引进了台湾版的电炉烤箱的现代化烤白薯，它们立马丑小鸭变白天鹅一样，被放在超市里卖，价钱比外面的汽油桶高出不少，但会有一个精致一点儿的纸袋包着。时髦的小妞儿翘着兰花指拿着，像吃三明治一样优雅地吃。

在老北京，冬天里卖烤白薯永远是一景。它是最平民化的食物了，便宜又热乎，穷学生、打工族一类的人，手里拿着一块烤白薯，既暖和了胃，也烤热了手，迎着寒风走就有了劲儿。记得老舍先生在《骆驼祥子》里，写到这种烤白薯，说是饿得跟瘪臭虫似的祥子一样的穷人，和瘦得出了棱的狗，爱在卖烤白薯的挑子旁边转悠，那是为了吃点儿更便宜的皮和须子。

民国时，徐霞村先生写《北平的巷头小吃》，提到他吃烤白薯的情景。想那时他当然不会沦落到祥子的地步，他写他吃烤白薯的味道时，才会那样兴奋甚至有点儿夸张地用了"肥""透""甜"三个字，真的是很传神，特别是前两个字，我是从来没有听说过谁会用"肥"

和"透"来形容烤白薯的。

但还有一种白薯的吃法，今天已经见不着了，便是煮白薯。在街头支起一口大铁锅，里面放上水，把洗干净的白薯放进去一起煮，一直煮到把开水耗干。因为白薯吸进了水分，所以非常软，甚至绵绵得成了一摊稀泥。想徐霞村先生写到的那一个"透"字，恐怕用在烤白薯上不那么准确，因为烤白薯一般是把白薯皮烤成土黄色，带一点儿焦焦的黑，不大会是"透"，用在煮白薯上更合适。白薯皮在滚开的水里浸泡，犹如贵妃出浴一般，已经被煮成一层纸一样薄，呈明艳的朱红色，浑身透亮，像穿着透视装，里面的白薯肉，都能够丝丝看得清清爽爽，才是一个"透"字承受得了的。

煮白薯的皮，远比烤白薯的皮要漂亮，诱人。仿佛白薯经过水煮之后脱胎换骨一样，就像眼下经过美容后的漂亮姐儿，须刮目相看。水对于白薯，似乎比火对于白薯要更适合，更能相得益彰，让白薯从里到外地可人。煮白薯的皮，有点儿像葡萄皮，包着里面的肉简直就成了一兜蜜，一碰就破。因此，吃这种白薯，一定得用手心托着吃，大冬天站在街头，小心翼翼地托着这样一块白薯，噘起小嘴嘬里面软稀稀的白薯肉，那劲头只有和吃喝了蜜的冻柿子有一拼。

老北京人又管它叫作"烀白薯"。这个"烀"字是地地道道的北方词，好像是专门为白薯的这种吃法定制的。烀白薯对白薯的选择，和烤白薯的选择有区别，一定不能要那种干瓤的，选择的是麦茬儿白薯，或是做种子用的白薯秧子。老北京话讲处暑收薯，那时候的白薯是麦茬儿白薯，是早薯，收麦子后不久就可以收，这种白薯个儿小，瘦溜、皮薄、瓤软、好煮，也甜。白薯秧子，是用来做种子用的，在老白薯上长出一截儿来，就掐下来埋在地里。这种白薯，也是个儿细，肉嫩，开锅就熟。

当然，这两种白薯，也相应便宜。烀白薯这玩意儿，以前是穷人吃的，从某种程度上，比烤白薯还要便宜才是。我小时候，正赶上全国闹自然灾害，每月粮食定量，家里有我和弟弟这两个正长身体要饭量的半大小子，月月粮食不够吃。家里只靠父亲一人上班，日子过得拮据，不可能像院子里有钱的人家去买议价粮或高价点心吃。就去买白薯，回家烀着吃。那时候，入秋到冬天，粮店里常常会进很多白薯，要用粮票买，每斤粮票可以买五斤白薯。但是，每一次粮店里进白薯了，都会排好多人，他们都是像我家一样，提着筐，拿着麻袋，都希望买到白薯，回家烀着吃，可以饱一时的肚子。烀白薯，便成为那时候很多人家的家常便饭，常常是一院子里，家家飘出烀白薯的味儿。

过去，在老北京城南一带，因为格外穷，卖烀白薯的就多。南横街有周家两兄弟，卖的烀白薯非常出名。他们兄弟俩，把着南横街东西两头，各支起一口大锅，所有走南横街的人，甭管走哪头，都能够见到他们兄弟俩的大锅。过去，卖烀白薯的，一般都是兼着五月里卖五月鲜，端午节卖粽子，这些东西也都是需要在锅里煮，烀白薯的大锅就能一专多能，充分利用。周家这兄弟俩，也是这样，只不过他们更讲究一些，会用盘子托着烀白薯、五月鲜和粽子，再给人一支铜钎子扎着吃，免得烫手。他们的烀白薯一直卖到了1949年以后，公私合营，统统把这些小商小贩归拢到了饮食行业里来。

五月鲜，就是五月刚上市的早玉米。老北京的街头巷尾，常会听到这样的吆喝："五月鲜来，带秧儿嫩来！"市井里叫卖的吆喝声，如今也成为一种艺术，韵味十足的叫卖大王应运而生。以前，卖烤白薯的一般吆喝："栗子味儿的，热乎的！"以当令的栗子相比附，无疑是高抬自己，再好的烤白薯，也是吃不出来栗子味儿的。烀白薯，没有这样攀龙附凤，只好吆喝："带蜜嘎巴儿的，软乎的！"他们吆喝的这个"蜜嘎巴儿"，指的是被水耗干挂在白薯皮上的那一层结了痂的糖稀，对那些平常日子里连糖块都难得吃到的孩子来说，是一种挡不住的诱惑。

说起南横街东西两头的周家兄弟，我想起了小时候我家住的西打磨厂街中央的南深沟的路口，也有一位卖烀白薯的。只是，他兼卖小枣豆儿年糕，一个摊子花开两枝，一口大锅的余火，让他的年糕总是冒着腾腾的热气。无论买他的烀白薯，还是年糕，他都给你一个薄薄的苇叶子托着，那苇叶子让你想起久违的田间，让你感到再不起眼的北京小吃，也有着浓郁的乡土气。

长大以后，我在书中读到这样一句民谚："年糕十里地，白薯一溜屁。"说的是年糕解饱，顶时候，白薯不顶时候，容易饿。便会忍不住想起南深沟口那个既卖年糕又卖白薯的摊子。他倒是有先见之明一样，将这两样东西中和在了一起。

懂行的老北京人，最爱吃锅底的烀白薯，那是烀白薯的上品。因锅底的水烧干让白薯皮也被烧煳，便像熬糖一样，把白薯肉里面的糖分也熬了出来。其肉便不仅烂如泥，也甜如蜜，常常会在白薯皮上挂一层黏糊糊的糖稀，结着嘎巴儿，吃起来，是一锅白薯里都没有的味道，可以说是一锅白薯里浓缩的精华。一般一锅白薯里就那么几块，便常有好这一口的人站在寒风中程门立雪般专门等候着，一直等到一锅白薯卖到了尾声，那几块锅底的白薯终于水落石出般出现为止。民国有竹枝词专门咏叹："应知味美唯锅底，饱啖残余未算冤。"

如今北京的四九城，哪里还能够找到卖这种烀白薯的？

2013 年 1 月 11 日改毕于北京

饺子帖

一

又要过年了。又想起饺子。饺子，是过年的标配，是过年的主角，是过年的定海神针。不吃饺子，不算是过年。

五十三年前，我在北大荒，第一次在异乡过年，很想家。刚到那里不久，怎么能请下假来回北京？那时候，我在北大荒，弟弟在青海，姐姐在内蒙古，家里只剩下父母两个孤苦伶仃的老人。天远地远，心里不得劲儿，又万般无奈。

没有想到，就在这一年年三十的黄昏，我的三个中学同学，一个拿着面粉，一个拿着肉馅，一个拿着韭菜（要知道，那时候粮食定量，肉要肉票，春节前的韭菜金贵得很呀），来到我家。他们和我的父母一起，包了一顿饺子。

面飞花，馅喷香，盖帘上码好的一圈圈饺子，围成一个漂亮的花环；下进滚沸的锅里，像一条条游动的小银鱼；蒸腾的热气，把我家小屋托浮起来，幻化成一幅别样的年画，定格在那个难忘的岁月里。

这大概是父亲和母亲一辈子过年吃的一顿最滋味别具的饺子了。

二

那一年的年三十，一场纷飞的大雪，把我困在北大荒的建三江。当时，我被抽调到兵团的六师师部宣传队，本想年三十下午赶回我所在的大兴岛二连，不耽误晚上的饺子就行。没有想到，大雪封门，刮起了漫天"大烟泡儿"，汽车的水箱都冻成冰坨了。

师部的食堂关了张，大师傅们早早回家过年了，连商店和小卖部都已经关门，别说年夜饭没有了，就是想买个罐头都不行，只好饿肚子了。

"大烟泡儿"从年三十刮到年初一早晨，我一宿没有睡好觉，早早就冻醒了，偎在被窝里不肯起来，睁着眼或闭着眼，胡思乱想。

大约九十点钟，忽然听到咚咚的敲门声，然后是大声呼叫我名字的声音。由于"大烟泡儿"刮得很凶，那声音被撕成了碎片，断断续续，像是在梦中，不那么真实。我非常奇怪，会是谁呢？这大雪天的！

满怀狐疑，我披上棉大衣，跑到门口，掀开厚厚的棉门帘，打开了门。吓了我一跳，站在门口的人，浑身厚厚的雪，简直就是个雪人。我根本没有认出他来。等他走进屋来，摘下大狗皮帽子，抖落下一身的雪，我才看清，是我们大兴岛二连的木匠赵温。天呀，他是怎么来的？这么冷的天，这么大的雪，莫非他是从天而降不成？

我肯定是瞪大了一双惊奇的眼睛，瞪得他笑了，对我说："赶紧拿个盆来！"我这才发现，他带来了一个大饭盒，打开一看，是饺子，个个冻成了邦邦硬的坨坨。他笑着说道："过七星河的时候，雪滑，跌了一跤，饭盒撒了，捡了半天，饺子还是少了好多，都掉进雪坑里了。凑合着吃吧！"

我立刻愣在那儿，望着一堆饺子，半天没说出话来。我知道，他是见我年三十没有回队，专门来给我送饺子的。如果是平时，这也许算不上什么，可这是什么天气呀！他得多早就要起身，没有车，三十里的路，他得一步步地跋涉在没膝深的雪窝里，走过冰滑雪深的七星河呀。

我永远记得，那一天，我和赵温用那个盆底有朵大大的牡丹花的洗脸盆煮的饺子。饺子煮熟了，漂在滚沸的水面上，被盛开的牡丹花托起。

忘不了，是酸菜馅的饺子。

三

齐如山先生当年说，他曾经吃过一百多种馅的饺子。我没吃过那么多种馅的饺子。我也不知道，全国各地的饺子馅，到底有多少种。不过，我觉得馅对于饺子并不重要。过年，饺子的馅，可以丰俭由人，从未有过高低贵贱之分。过去，皇上过年吃饺子，底下人必要在馅中包上一枚金钱，而且，金钱上必要镌刻上"天子万年，万寿无疆"之类过年的吉祥话，讨皇上欢喜。穷人过年，怎么也得吃上一顿饺子，哪怕是野菜馅的呢。

曾听叶派小生毕高修先生告诉我这样一桩往事：他和京剧名宿侯喜瑞先生同在落难之中，结为忘年交。大年初一，客居北京城南，四壁徒空，凄风冷灶，两人只好在床上棉被相拥，惨淡谈笑过残年。忽然，看到墙角里有几根冻僵了的胡萝卜，两人忙下地，拾起胡萝卜，剁了剁，好歹包了顿冻胡萝卜馅的饺子，也得过年啊。

馅，可以让饺子分成价值的高低，但作为饺子这一整体形象，却是过年时不分贵贱的最为民主化的象征。

四

很多年前，我写过一篇散文《花边饺》，后来被选入小学生的语文课本。写的是小时候过年，母亲总要包荤素两种馅的饺子。她把肉馅的饺子都捏上花边，让我和弟弟觉得好看，连吃带玩地吞进肚里，自己和父亲则吃素馅的饺子。那是艰苦岁月的往事。

长大以后，总会想起母亲包的花边饺。大年初二，是母亲的生日。那一年，我包了一个糖馅的饺子，放进盖帘一圈圈饺子之中，然后对母亲说："今儿您要吃着这个糖馅的饺子，您一准儿是大吉大利！"

母亲连连摇头笑着说："这么一大堆饺子，我哪儿那么巧能有福气吃到？"说着，她亲自把饺子下进锅里。饺子像活了的小精灵，在滚动的水花中上下翻腾。望着母亲昏花的老眼，我看出来，她是想吃到那个糖饺子呢！

热腾腾的饺子盛上盘，端上桌，我往母亲的碟中先拨上三个饺子。第二个饺子，母亲就咬着了糖馅，惊喜地叫了起来："哟！我真的吃到了！"我说："要不怎么说您有福气呢？"母亲的眼睛笑得眯成了一条缝。

其实，母亲的眼睛，实在是太昏花了。她不知道我耍了一个小小的花招，用糖馅包了一个有记号的花边饺。

第二年的夏天，母亲去世了。

五

在北大荒，有个朋友叫再生，人长得膀大腰圆，干起活来，是二齿钩挠痒痒——一把硬手。回北京待业那阵子，他一身武功无处可施，常到我家来聊天，一聊到半夜，打发寂寞时光。

那时候，生活拮据，招待他最好的饭食，就是饺子。一听说包饺子，他就来了情绪，说他包饺子最拿手。在北大荒，没有擀面杖，他用啤酒瓶子，都能把皮擀得又圆又薄。

在我家包饺子，我最省心，和面、拌馅、擀皮，都是他一个人招呼，我只是搭把手，帮助包几个，意思意思。

他一边擀皮，一边唱歌，每一次唱的歌都一样：《嘎达梅林》。不知道为什么，他对这首歌情有独钟。一边唱，他还要不时腾出一只手，伸出来，随着歌声，娇柔地做个兰花指状，这与他粗犷的腰身反差极大，和《嘎达梅林》这首英雄气魄的歌反差也极大。

每次来我家包饺子的时候，他都会问我："今儿包什么馅的呀？"我都开玩笑地对他说："包'嘎达梅林'馅的！"

他听了哈哈大笑，冲我说："拿我打趣！"

擀皮的时候，他照样不忘唱他的《嘎达梅林》，照样不忘伸出他的兰花指。

四十多年过去了。如今，再生的日子过得很滋润，他儿子从北大西语系毕业，很有出息，特别孝顺，还能挣钱，每月光给他零花钱，出手就是五千，让他别舍不得，可劲儿地花，对自己得好点儿。他很少来我家了，见面总要请我到饭店吃饭。再也吃不到他包的"嘎达梅林"馅的饺子了。

六

孩子在美国读博，毕业后又在那里工作，前些年我常去美国探亲，一连几个春节，都是在那里过的。过年的饺子，更显得是必不可少，增添了更多的乡愁。余光中说，乡愁是一枚邮票。在过年的那一刻，乡愁就是一顿饺子，比邮票更看得见，摸得着，还吃得进暖暖的心里。

那是一个叫作布鲁明顿的大学城，很小的一个地方，全城只有六万多人口，一半是大学里的学生和老师。全城只有一个中国超市，也只有在那里可以买到五花肉、大白菜和韭菜，这是包饺子必备的老三样。为备好这老三样，提早好多天，我便和孩子一起来到超市。

超市的老板是山东人，老板娘是台湾人，因为常去那里买东西，彼此已经熟悉。老板见我进门先直奔大白菜和韭菜而去，笑吟吟地对我说："过年包饺子吧？"我说："对呀！您的大白菜和韭菜得多备些啊！"他依旧笑吟吟地说："放心吧，备着呢！"

那一天，小小的超市里挤满了人，大多是中国人，来买五花肉、大白菜和韭菜的。尽管大家素不相识，但望着各自小推车中的这老三样，彼此心照不宣，他乡遇故知一般，都像老板一样会心地笑着。

2022 年春节前于北京

太阳味道的西红柿

日子过去得非常快,一旦成了历史,事情便很容易褪色。鲜亮的颜色总是漆在眼前或即将发生的事情上,而不在如烟的往事上。

在北大荒插队,秋天是最美的,瓜园里有吃不完的西瓜和香瓜,让我们解开裤带敞开地吃。但过了秋天,漫长的冬季和春季,别说水果,就是蔬菜都很难见到了。我们要一直熬到夏天的到来,才能尝到鲜,第一个鲜亮亮地跑到我们面前的就是西红柿。

在北大荒,我们是把西红柿当成宝贵水果吃的。想想一冬一春没有见过水果,突然见到这样鲜红鲜红的西红柿,当然会有一种和阔别多日的朋友(尤其是女朋友)见面的感觉。蠢蠢欲动是难免的,往往会等不到西红柿完全熟透,我们就会在夜里溜进菜园,趁着月光,从架上拣个大的西红柿摘,跑回宿舍偷偷地吃(如果能蘸白糖吃,比任何水果都要美味了)。

那时候,我最爱到食堂去帮伙,原因之一就是可以去菜园摘菜。北大荒的菜园很大,品种很多,最好看的还得数西红柿,其余的菜都是趴在地上的,比如南瓜、白菜、萝卜,长在架子上的菜总有一种高人一等的昂昂乎的劲头。但是,架上的扁豆还没有熟,北大荒的黄瓜五短身材难看死了，只有西红柿红扑扑的、圆乎乎的，样子很是耐看。没有熟的，青青的，还没吃，嘴里先酸了；半熟不熟的，粉嘟嘟的，含羞带怯；熟透的，从里到外红透了，坠得架子直弯直晃……

离开北大荒好久了，还是总能想起那里的西红柿，尤其是那种皮是红的，切开来里面的肉是粉的，我们管它叫作面瓢西红柿，有种难得的味道，不仅仅是甜是酸，也不仅仅是清新是汁水丰厚，真的是其他水果没有的味道。吃着这种西红柿，躺在一望无边的麦地里，或是躺在场院高高的囤尖上，是最美不过的了。我们会吃完一个再拿一个，直至吃得肚子鼓鼓的，再也吃不下去为止。那西红柿被晒得热乎乎的，总有一种太阳的味道。

回北京这么长时间了，总觉得北京的西红柿不好吃，酸，汁水少。想起我母亲还在世的时候，有一年的春天，她在院子里种了一株丝瓜、一株苦瓜，还种了一棵西红柿。从小在农村长大的母亲，对于种菜很在行，夏天，这几种玩意儿全活了，长势不错，只是西红柿长不大，就那样青青的，愣在架上萎缩了，最后只剩下一个终于长大了，渐渐地变红了。我告诉母亲别摘它，就那么让它长着，看个鲜儿吧。夏天快要过去了，整天晒在那里，它快要蔫了。母亲舍不得看着它蔫下去烂掉，她从困苦中熬出来，一辈子总是心疼粮食蔬菜，最后还是把它摘了下来。在母亲的手里，西红柿虽然蔫了，却依然红红的，格外闪亮。那一天，母亲用它做了一碗西红柿鸡蛋汤。说老实话，我没吃出什么味儿来。

唯一一次吃西红柿鸡蛋汤吃出味道的，是三十多年前，弟弟的一位从青海来的朋友，请我到王府井的萃华楼吃饭。那时他们在青海三线工厂工作，比我们插队的有钱。那时候，我已经离开北大荒回到北京好几年了。我是第一次到这样的饭店来吃饭，是冬天，是在北大荒没有水果没有蔬菜的季节，这位朋友点菜时说得要碗汤吧，便要了这道西红柿鸡蛋汤。那是一碗只有几片西红柿的鸡蛋汤,但那汤做得确实好喝,西红柿有一种难得的清新。蛋花打得极好,奶黄色的,云一样漂在汤中,薄薄的西红柿片,几乎透明,像是几抹淡淡的胭脂,显得那样高雅。

之后,我真的再也没有喝过那样好喝的西红柿鸡蛋汤了。

也许,是离开北大荒太久了。也许,仅仅是回忆中的味道。

2008 年 10 月 3 日于北京

冬果两食

小时候，入冬后，常吃的果子，不是现在的苹果、香蕉、梨之类，那时候，香蕉少见，苹果和梨还是有的，只是比较贵，买不起，很少吃罢了。常吃的是黑枣和柿子。这两样果子很便宜，而且经放，保存的日子久，可以吃上整整一冬。

黑枣比柿子成熟要晚，黑枣落树，摆在城里的小摊上一卖，等于告诉人们，秋天结束，冬天就真的到了。在老北京人尤其是小孩子的眼里，黑枣上市，意味着月份牌要掀开冬天这一页了。

黑枣，名字叫枣，其实和枣并不是一家子，倒和柿子同属柿树科，是血脉相连的一家。吃起来，它们的味道还真有那么一点儿相似，特别是和晒干的柿饼的味道比，黑枣真的是有一种脱不开同宗同族的干系。只不过，黑枣的个头儿很小，也就如指甲盖那样大小，像是小时候没发育好，一直长不起来，和个头儿硕大的柿子没法比。两厢站在一起，一个如豌豆公主，一个似敦敦实实的胖罗汉。颜色也悬殊，一个黑得如小煤渣，一个橙红橙红得像小太阳。

它们都很便宜，黑枣，两分钱能买一大把，小贩一般用废报纸或旧书页，叠成一个漏斗形，抓一把黑枣撒在里面。这是小贩的精明，上宽下尖的纸包，装的黑枣显得很多。两分钱，也能买一个大柿子。不过，一般我们小孩子更愿意花两分钱买一包黑枣，一粒粒的，像吃糖豆儿，里面的籽儿又多，得边吃边不住吐籽儿，吃的时间会很长。

卖糖葫芦的小摊上，也会把一粒粒黑枣穿起来，蘸上糖，像把山药豆儿穿起来一样当糖葫芦卖。不过，起码要五分钱一串，而且也没有几粒，我从来没有买过。应该说，那是黑枣的改良版、升级版。不过，包裹上一层糖稀后的黑枣，即使像穿上了一层透明的盔甲披挂上阵，也只是虾兵蟹将而已，实在是个头儿太小了。

柿子也有改良版和升级版，柿饼便是其一。北方人晾晒柿饼是一绝，晒干的柿饼，外表挂一层白霜，像柿子整容后涂抹的粉底霜，容颜焕发。而且，改变了柿子的身材和模样，将原来的磨盘形的柿子晒成了扁扁的如同馅饼的样子。柿饼的"饼"起得真好，那样形象，又有烟火气。柿饼冬天可以吃，夏天也可以吃，而且是夏天做冷食果子干必不可少的食材。在没有冰箱储存，没有变季果蔬的年月里，一种水果，四季可吃，是很少见的。柿子变为柿饼，足见大自然的功力，水果如此易容变色的，也是很少见的。

冻柿子也是柿子的一种变体。表面模样没变，但在数九寒天的作用下，柿子冻得邦邦硬，里面的果肉都冻成了结实的冰块儿。在北京所有的水果里，只有冻酸梨能和它有一拼，其他任何水果这样一冻就没法再吃了。如果说水果和人一样，也是有性格的话，那么，柿子的性格，和经霜雪后而不凋的松柏，有几分相似。有时候，我觉得柿子特别像那些在朔风呼啸的冬天里跳进冰河里游冬泳的人。

我最爱吃的是这种冻柿子。我看周围不少孩子，和我一样也爱吃这玩意儿。冻柿子必须要用凉水拔过才能吃，否则根本咬不动。凉水和冻柿子，都是一样冰凉，凉碰凉，竟然相互渗透，彼此化解，像石头和石头碰撞出火花一般，起到了神奇的作用。等柿子外面结成了一层透明的薄冰的时候，凿碎薄薄的冰碴儿，柿子就可以吃了。那时候，家里的大人买回来冻柿子，我和弟弟就迫不及待地从自来水管子接来满满一盆凉水，开始拔柿子。蹲在地上，看着凉水中冻柿子的变化，像看一出大戏，等待着高潮出现，那高潮我们早已经知道，就是柿子的外壳出现那一层薄冰。等了老半天也没见动静，最让我们心急如火。

每一次等到柿子的外壳渐渐地被凉水拔出了一层薄薄的冰，都会让我们兴奋异常。柿子皮像纸一样薄，几近透明；里面的肉，已经变成了糖稀一样黏稠，咬开一个小口，使劲儿一嘬，里面的果肉像汁液一样流淌出来，很自觉地就顺着嗓子眼儿滑进肚子里。冰凉，转而热乎，甜甜的，又有一丝丝香味儿，真是一种奇妙无比的感觉。现在想想，有点儿像奶昔。北京人形容这种柿子和吃柿子的样子，叫作"喝了蜜"。

吃到最后，如果还只剩下咬破的那一个小口，其他地方没破的话，我会用嘴对着这个小口，使劲儿吹气，把柿子皮吹得鼓鼓胀胀，像一个小皮球。对着阳光照，薄薄的柿子皮，被阳光映照得橙红色变淡，阳光像水一样在里面流淌。如果柿子皮破了，我就将皮撕开，吃里面的柿子核。柿子核外面包裹着的一层肉很有韧性，经嚼，和柿子肉不是一种味道。我特别喜欢嚼柿子核。有时候，我会突然觉得，柿子核，会不会就是柿子的心呀？我怎么会把人家的心给嚼了呢？就会觉得人真的太残忍了，什么都吃！

大人也爱吃这种"喝了蜜"的冻柿子。有些大人按照祖辈传下来的老规矩，入九之后，每个九的第一天，吃一个冻柿子，一直吃到九九，可以防止咳嗽。这样的传统，有点儿像画九九消寒图，在每个九时画上一朵梅花，到九九结束的时候，满纸梅花盛开。图得都是冬去春来的吉利与安康。那时候，我住的大院里，房东特别信奉这样吃冻柿子治咳嗽的老法子。他家的窗台上，入冬后会摆放着一排整整齐齐的磨盘柿子，格外醒目。那时候，北京雪多，赶上下雪天，橙黄的颜色，在白雪的衬托下，那样鲜艳，像是给房东家镶嵌起一道琥珀项链，成为我们大院独特的一景。

前两年的冬天，芝加哥大学东亚系的宝拉教授，带着她的美国学生到北京访学。她是意大利人，在美国博士毕业后教书，教授中国文学，能说一口流利的中文。她对史铁生很感兴趣，专门请我带她到史铁生家中拜访过。这一次，她教的这些学生刚刚读过老舍的《骆驼祥子》，便找我帮她带着第一次来到中国的这帮年轻学生，看看北京的老胡同。我带他们逛八大胡同。在陕西巷的赛金花旧居怡香院附近，看到一家窗前摆着一排柿子。在美国，她没有见过，问我这是什么，我告诉她是柿子，要冻过之后再用凉水拔过之后再吃，以及入九之后每个九的第一天吃这样一个"喝了蜜"的冻柿子，可以治咳嗽。

她听了很惊奇，将我的一番话翻译成英文给她的学生们听，学生们也很惊奇，连连掏出手机给这一排陌生的柿子噼里啪啦地拍照。

以前，在老北京的院子里，讲究种一些树木，种柿子树的有不少，图的是"事事（柿柿）如意"的吉利。这样的传统，在我们的国画里，从古至今一直还在不断地画，不断地体现。

种枣树的也有不少，特别是结马牙枣的枣树。最有名的是郎家园的枣树，郎家园以前是清朝皇家的御用外国画家郎世宁旧地。但是，种黑枣树的极其少见。曾经走访过老北京那么多的老院，我只在西河沿192号，原来的莆仙会馆里，见过一棵老黑枣树。那年夏天，我专门到那里看这棵老黑枣树，它正开着一树的小黄花，落了一地的小黄花，碎金子一般闪闪发光。我不明就里，为什么北京院落里少见黑枣树？大概黑枣不如马牙枣红得红火，更不如柿子吉利吧。过去老北京话，管被枪毙叫作"吃黑枣儿"，是挨枪子儿的意思。但是，黑枣真的很好吃，黑枣花真的很漂亮，比枣花要漂亮得多。

不过，再如何好吃好看，黑枣树还是抵不过柿子树，传统的力量，是拗不过的。

在山西街，京剧名宿荀慧生的老宅健在，当年他亲手种植的老柿子树也还健在。荀慧生先生在世的时候，柿子熟了，他是不许家里人摘的，一直到数九寒冬，他也不许家人摘，只有来了客人，才用竹梢打下树枝头邦邦硬的冻柿子，用凉水拔过，请客人就着冰碴儿吃下。树梢上剩下的冻柿子，在过年前，他才会让人打下来，给梅兰芳送去，分享这一份只有冬天才有的"喝了蜜"。

2021年2月9日于北京

大白菜赋

又到了大白菜上市的时候了。今年,北京大白菜丰收,最便宜的只要一角八分钱一斤。

民谚说:霜降砍白菜。从霜降之后,一直到立冬,北京大街小巷,都在卖白菜,过去叫作冬储大白菜。那时,几乎全家出动,人们拉着平板,推着小车、自行车,甚至借来三轮平板车,将白菜一车车买回家。这成为北京旧日冬天的一幅壮丽的画面。如果赶上下雪天,白雪映衬着绿绿的大白菜,更是颜色鲜艳的画面。

那时候,国家有补贴,大白菜的价格,一斤不过几分钱。谁家不会几十斤上百斤地买回家里呢?买回家的大白菜,被堆在自家屋檐下,用棉被盖着,要吃一冬,一直到青黄不接的开春。可以说,这是老北京人的看家菜。过去人们常说:萝卜白菜保平安。

大白菜,不是小白菜,不是奶油白菜,而是个头硕大抱心紧实的白菜,一棵有十来斤重。在以往蔬菜稀缺的冬天,大白菜贫富皆宜,谁家也少不了。齐白石不止一次画过大白菜,却从来没画过小白菜,更别说奶油白菜了。

清时有竹枝词说:"几日清霜降,寒畦摘晚菘。一绳檐下挂,暖日晒晴冬。"这里说的晚菘，指的就是大白菜。菘，是一个很古老的词，将大白菜说成菘，是文人对它的美化和拔高。"菘"字从"松"字，谓之区区大白菜却有着松的高洁品格，严寒的隆冬季节里，一样地绿意常在。

冬天吃白菜，在我们国家有着悠久的历史。新近读到我的中学同窗王仁兴在三联书店新出版的《国菜精华》一书，他所研究收集的从商代到清代的菜谱中，白菜最早出现在南北朝的南朝。贾思勰的《齐民要术》中收录了白菜的吃法，叫作"菘根菹法"。这说明吃白菜，可以上溯至公元六世纪，也就是说，中国人吃白菜至少有着一千五百多年的历史。《齐民要术》记载的白菜的吃法，是一种腌制法：将白菜帮"净洗通体，细切长缕，束为把，大如十张纸卷。暂经沸汤即出，多与盐……与橘皮和，料理满瓮"。

清以来，文人对大白菜青睐有加，为它书写诗文的人很多。清初诗人施愚山对大白菜极尽赞美乃至不舍离去之情："滑翻老米持作羹，雪汁云浆舌底生。江东莼脍浑闲事，张翰休含归去情。"就连皇上也曾经为它写诗，清宣宗有《晚菘诗》："采摘逢秋末，充盘本窖藏。根曾润雨露，叶久任冰霜。举箸甘盈齿，加餐液润肠。谁与知此味，清趣惬周郎。"一直到近人邓云乡先生也有咏叹大白菜的诗留下："京华嚼得菜根香，冬日秋菘韵味长。玉米蒸糇堪果腹，香油调尔作羹汤。"

细比较他们的诗，会很有意思。施诗人写得文气十足，非要把一个不施粉黛的村姑描眉打鬓一番成俏佳人；而皇上写得却那样朴素无华接地气；邓先生则把大白菜和窝窝头（蒸糇即窝头）连在一起，写出它的菜根味和家常味。

过去人们讲究吃霜菘雪韭，当然，霜菘雪韭，是把这种家常菜美化成诗的文人惯常的书写。不过，在霜雪漫天的冬季，大白菜和韭菜确实让人留恋。"夜雨剪春韭",当然好,但冬韭更为难得,尤其在过去的年代里,这样的冬韭属于棚子菜,价钱贵得很。春节包饺子,能够买上一小把,掺和在白菜馅里,点缀上那么一点儿绿,就已经很是难得了。大白菜不一样,在整个冬天都是绝对的主角,年夜饭里的饺子馅,哪家不得用大白菜呢?即使在遥远的美国,一整个冬天里,中国超市里都有大白菜卖,尽管一棵大白菜要卖二十来块人民币,中国人也是要买来吃的。大白菜,永远是中国人的乡思,迅速联结起中国人彼此之间的感情,是一点儿也没错的。

大白菜,有多种吃法,包饺子只是其中之一。瑶柱白菜、栗子白菜,是白菜中的上品;芥末墩,是老北京的小吃;乾隆白菜,是老北京的花样迭出的一种花哨,但借助大白菜确实做足了文章。

一般人家做得更多的是醋熘白菜,和邓先生说的"香油调尔作羹汤"的白菜汤。

白菜汤做好不容易,一般人家会在做白菜汤的时候配上一点儿豆腐和粉丝,条件许可的话,再加上一点儿金钩海米,没有的话,用虾米皮代替,味道会好很多。要想让汤的味道更好一些,如果没有高汤,要用猪油炝锅。

醋熘白菜,我在家里常做,素炒肉炒均可。我做时一定要用花椒炝锅,一定要加蒜,一定要淋两遍醋。如果有肉,在肉即将炒熟时加醋;如果没有肉,将葱姜蒜爆香下白菜前加醋;最后,淋一些锅边醋,点几滴香油,拢芡出锅。这道菜,关键在这两遍醋上,不要怕醋多,就怕醋少。这成了我的一道拿手菜,特别是刚从北大荒回北京的那一阵子,朋友来家做客,我兜里兵力不足,就炒这道最便宜的醋熘白菜。吃起来,谈不上"雪汁云浆舌底生",却也吃得不亦乐乎。

《燕京琐记》里特别推崇腌白菜,说"以盐洒白菜上压之,谓之腌白菜,逾数日可食,色如象牙,爽若哀梨"。这是我看到的对腌白菜最美的赞美了。腌白菜，对于老北京人而言，是一种太普通的吃法，只是各家做法不尽相同。邓云乡先生在文章中介绍过他的做法："把大白菜切成棋子块，用粗盐曝腌一二个钟头，把盐水去掉，用滚开的花椒油或辣椒油往里一倒，'嚓喇'一声，真是其香无比。"

我的做法是，将白菜连帮带叶切成长条状，先用盐水渍一下，挤出汤水，将其放进水滚开的锅里，冒一下立即捞出，置入凉水中，再用手把菜里面的水挤净，加盐加糖，淋上滚沸的花椒、辣椒油和醋。吃起来，特别脆，那才叫"爽若哀梨"。

这样的吃法，可以说延续了贾思勰在《齐民要术》中说的"菘根菹法"。只是，不知道为什么都少了贾氏说的放橘皮这样一项。

《北平风物类征》一书引《都城琐记》，说到大白菜的另一种吃法："白菜嫩心，椒盐蒸熟，晒干，可久藏至远，所谓京冬菜也。"这里说的是储存大白菜过冬的一种方法，即晾干菜。不过，用白菜心晾干菜，我从来没有见过，大概属于有钱人家吧。我们大院里，人们晾干菜，可不敢这样奢侈，都是把一整棵大白菜切成两半或几半，连帮带叶一起晾晒。白菜心，我父亲在世的时候，都是用来做糖醋凉拌，在上面再加一点儿金糕条，作为下酒的凉菜。

除了晾干菜，渍酸菜也是一种方法。这是两种不同的方法，都属于大白菜的变奏。前者变形不变味儿，后者变形变色又变味儿。前者挤压成如书签一样，夹在我们记忆的册页里；后者换容术一般，变成里外一新的新样子。两种方法，都使大白菜尽显其姿态婀娜，只不过，一个干瘪如同皮影戏，一个如同休眠于水中的鱼。

当然，这是物质不发达时代里，为了储存大白菜，老北京人不得已为之的方法，或者说是一种生活的智慧。如今，大棚蔬菜和南方蔬菜多种多样，四季皆有，早乱了时序与节气。有意思的是，如此风云变化下，晾干菜已经很少见了，但是，酸菜常见，而且是人们爱吃的一道菜品，由此诞生的酸菜白肉、酸菜粉丝、酸菜饺子，为人称道。在大白菜演进的过程中，酸菜算是一种新创造吧。

将普通的大白菜变换着花样吃，真亏得北京人能够想得出来。

大白菜，也不尽是一般寻常百姓家最爱。看溥仪的弟弟溥杰的夫人爱新觉罗·浩写的《食在宫廷》一书，发现皇宫里对大白菜一样青睐有加。这本书记录的清末几十种宫廷菜中，大白菜就有五种：肥鸡火熏白菜、栗子白菜、糖醋辣白菜、白菜汤、曝腌白菜。后四种，已经成为家常菜。前一种肥鸡火熏白菜，如今很少见。据说，是乾隆下江南时尝过此菜之后十分喜爱，便将苏州名厨张东官带回北京，专门做这道菜。看溥杰夫人所记录这道菜的做法，并不新奇，只是要将肥鸡先熏好，然后和大白菜同时放进高汤里，用中火煨至汤尽。其中的奥妙，在读这本书其他大白菜的做法时才发现，原来宫廷里都特别强调一定要将大白菜煮透。一个"透"字，看厨师的功夫。透，不仅是断生，也不能是煮烂，方能既入味，又有嚼劲儿。

不过，有一种大白菜的吃法，无论宫廷，还是民间，我没有听说老北京曾经有过，就是在王仁兴的这本《国菜精华》中介绍的"山家梅花酸白菜"。他引用了南宋林洪的《山家清供》，说这种吃法是将大白菜切开，用很清的面汤先泡渍，再加入姜、花椒、茴香和莳萝等调料，以及一碗老酸菜汤腌制。关键是最后一步："又，入梅英一掬。"所以，林洪称此菜为"梅花齑"。或许，这只是南方的一种古老吃法，北京有的是大白菜，却鲜有梅花。其实，在我看来，也不是鲜有梅花的原因，就跟我们做腌白菜不放橘皮一样，便想不到在做酸白菜的时候可以"入梅英一掬"。我们北京人做菜还是显得粗糙了些，少了一点儿细节的关注和投入。

教我中学语文的田增科老师，如今已经年过八十。他曾经教过的一个学生的家长，是川菜大师罗国荣。罗国荣在二十世纪六十年代担任过人民大会堂总厨。国宴菜品，都要由他排菜单，签菜单。他的拿手菜"开水白菜"，每次国宴必上，不止一次受到周总理和外宾的夸赞。一次家访，罗国荣非要留田老师吃饭，他说："田老师，今天中午我留您吃饭，我用水给您炒盘白菜肉丝，准让您回味无穷。"那年月粮食定量，买肉要肉票，田老师对我说："虽然很想尝尝这道出名的开水白菜，但怎能随便吃人家口粮，赶紧骑车溜走了。"

能够用简单的白菜，做成这样的一道味道奇美的国宴上出名的菜，大概是将大白菜推向了极致，是大白菜的华彩乐章。大白菜颇有些丑小鸭变成白天鹅，一下子步入奥斯卡的红地毯的感觉。

不过，在我的心目中，吃剩下的白菜头，泡在浅浅的清水盘里后冒出来的那黄色的白菜花，才是将大白菜提升到了最高的境界。特别是朔风呼叫大雪纷飞的冬天，明黄色的白菜花，明丽地开在窄小的房间里，让人格外喜欢，让人的心里感到温暖。白菜的叶子、帮子和菜心，都可以吃，白菜头不能吃，却可以开出这么漂亮的花来，普普通通的大白菜，一点儿都没有糟践，真的就升华为艺术了。

如今，全城声势浩荡的冬储大白菜，已经属于北京人的记忆。不过，即便全民冬储大白菜的盛景消失，大白菜也依然是新老北京人冬天里少不了的一种菜品。一些与时令节气相关的吃食，可以随时代变迁而更改，却不会完全颠覆或丧失。这不仅关乎人们的味觉记忆，更关乎民俗的传统与传承。

大白菜！北京人的大白菜！

2018 年 11 月 22 日于北京

绉纱馄饨

北京普通人家，一般爱吃饺子，以前很少吃馄饨。我第一次吃馄饨，是上初中之后，和同学一起在珠市口路北一家饭馆里。饭馆紧靠着清华浴池，对面是开明老戏园（当时已改名叫作珠市口电影院）。我们就是晚上看完电影，到这里每人吃了一碗馄饨。

这是家小店，夜宵专卖馄饨。比起饺子，馄饨皮很薄，但馅很少，我便觉得馄饨是样子货，还是馅大肉多的饺子吃起来更痛快。

这样的印象被打破，是我吃到了我们大院里梁太太包的馄饨之后。梁太太一家是江苏人，梁太太包的馄饨，在我们大院是出了名的，我很小的时候，就听院里的街坊议论过梁太太的馄饨，说她的馄饨皮，加了淀粉和鸡蛋，薄得如纸似纱，对着太阳或灯，能透亮。而且，馄饨皮捏出来的皱褶，呈花纹状，一个小小的馄饨，简直像一朵朵盛开的花，不吃，光是看，就让人爽心悦目，像艺术品。

梁太太自己说，这种馄饨，在她家乡几乎每户人家都会包，人们称作绉纱馄饨。我从来没有见过梁太太包的这样精致的馄饨，都是听街坊们这样说，只有想象而已。心里想：梁家有钱，自然吃的要比一般人家讲究得多。

那时候,梁太太很年轻,她的女儿只有四五岁,比我小两岁。梁先生在银行上班,梁太太不工作,在家里相夫教女。据说,梁先生最爱吃馄饨,所以梁太太才常常要包馄饨。特别是梁先生加夜班的时候,梁太太的馄饨更是必不可少。每次梁先生吃馄饨的时候,她女儿也要跟着吃,也爱吃得不得了。绉纱馄饨,成了她家经常上演的精彩保留节目。

读高一的秋天,我下乡劳动,突然拉稀不止,高烧不退,同学赶着一辆驴车,连夜把我从郊区乡间送回北京。我在医院里打完针吃了药,回到家之后,一连几天,烧还是不退,浑身虚弱,什么东西都吃不下去,没有一点儿胃口。母亲吓坏了,和街坊们说,想求得什么法子,可以让我吃下东西。"人是铁饭是钢,不吃东西,这病怎么好啊!"母亲念叨着。街坊们好心出了好多主意。

这天晚上,梁太太来到我家,手里端着一个小钢精锅,里面是满满一锅馄饨。梁太太对母亲说:"给孩子尝尝,我特意在汤里点了些醋,加了几片西红柿,开胃的,看看孩子能不能吃一些?"

母亲谢过梁太太,转身找大碗,想把馄饨倒进碗里,好把钢精锅还给梁太太。梁太太摆手说:"不急,不急,来回一折腾凉了就不好吃了。"说着,轻轻转身离去。

母亲用一个小碗盛了几个馄饨,舀了一些汤,递给我。我迷迷糊糊地吃了一个,别说,还真的很好吃,坦率地说,比母亲包的饺子要好吃。馅里有虾仁,是吃得出来的,还有什么东西我就不懂了。总之,很鲜,很香。我喝了一口汤,更鲜,里面不仅放了醋,还有白胡椒粉,真的特别开胃,竟然让我几口就把这碗汤都喝光了。

母亲很高兴,端来锅,又给我盛了一碗。我望了一眼锅里,西红柿的红,紫菜的紫,香菜的绿,汤的白,再加上皮薄如纸、皱褶似花的馄饨里肉馅粉嘟嘟的颜色,交错在一起,好看得像一幅水墨画,是满盘饺子没有的色彩和模样。

病好之后,还在想梁太太的馄饨,不禁笑自己馋。心想:绉纱馄饨,这个名字取得真是好听。母亲包的饺子,有时也会在饺子皮上捏出一圈圈的小皱褶,我们给它们取名叫作花边饺子,或麦穗饺子,但我总觉得都没有绉纱馄饨好听。

那时候,梁太太不到四十,显得很年轻,爱穿一件腰身婀娜的旗袍。她女儿刚上初二,虽然和我不在同一所学校,毕竟在大院里一起长大,彼此朋友一样很熟悉。现在想想,有些遗憾的是,再也没有吃过梁太太的绉纱馄饨。

1968年夏天,我去北大荒。冬天,梁太太的女儿到山西插队,和我家只剩下了老两口一样,她家也剩下了梁太太和梁先生相依为命。

六年过后,我从北大荒调回北京当老师,算是我们大院里插队的那一拨孩子里最早回来的。梁太太见到我,很有些羡慕。我知道,她女儿还在山西农村,她自然希望女儿也能早点儿回来。

回北京一年半之后,我搬家离开大院,临别前一天下午,我去看望梁太太,发现她苍老了许多。算一算,那时候,她应该才五十来岁。我去主要是安慰她,知青返城的大潮已经开始了,她女儿回北京是早晚的事。她坐在那里,痴呆呆地望着我,半天没有说话。我要出门的时候,她才忽然站起来对我说:"晚上到我家吃晚饭吧,我给你包绉纱馄饨。"

晚上,她并没有包绉纱馄饨。

事过好几年之后,我听老街坊对我讲,那时候,她女儿已经在山西嫁给当地农民两年多了。

2021年6月20日于北京

翻毛月饼

中秋节又快到了，月饼蠢蠢欲动，又开始纷纷招摇上市。北京现在卖的月饼花样翻新，但南风北渐，大多是广式或苏式月饼。以前老北京人专门买的京式月饼中，只剩下了自来红，被冷落在柜台的角落里；其中一种叫做翻毛月饼的，更是已经多年不见踪影。

翻毛月饼类似现在的苏式酥皮月饼，但那只是形似而并非神似。赵珩先生在《老饕漫笔》一书中，有专门对它的描述："其大小如现在的玫瑰饼，周身通白，层层起酥，薄如粉笺，细如绵纸，从外到内可以完全剥离开来，松软无比，绝无起酥不透的硬结。馅子是枣泥的，炒得丝毫没有煳味儿，且甜淡相宜。翻毛月饼的皮子是淡而无味的，但与枣泥馅子同嚼，枣香与面香混为一体，糯软香甜至极。它虽属酥皮点心一类，但上下皆无烘烤过的痕迹。"

这是我迄今看到过的对翻毛月饼最为细致而生动的描述了，最初看到这段文字时，立刻回想到当年中秋节吃翻毛月饼的情景。印象最深的是，那时候父亲一只手托着翻毛月饼，另一只手放在这只手的下面，双层保险，为的是让下面这只手接着不小心从上面那只手中掉下的月饼皮。当然，这可以见那时老辈人的小心节省，也足可见那时翻毛月饼的皮子是何等的细、薄、脆，就如同含羞草一样，稍稍一动，全身就簌簌往下掉皮。赵先生说的"薄如粉笺，细如绵纸"，真的一点不假。

只有曾经吃过翻毛月饼的人，才会体味得到赵先生所说的它皮子的特点，这是区别于苏式月饼最重要之处。苏式月饼的皮子也起酥，但那皮子是浸了油的，是加了甜味儿的。翻毛月饼的皮子没有油，也不加糖，吃起来绝不油腻，入口即化，而且有一种任何馅也压不过的月饼本身最重要的原料——面粉的原来味道。这是来自田间的味道，是月饼的本色。现在的月饼做得越来越花哨，卖得越来越昂贵，已经离它越来越远。由于皮子没有油，翻毛月饼放几天再吃，皮照样酥，苏式月饼就不行，放几天，皮就硬了。翻毛月饼皮子到底是怎样做的，充满谜一样的迷惑和诱惑，只现身，不现形，英雄莫问来处似的，只把余味留下，便潇洒而去。好多年不见卖翻毛月饼的了，也不知道现在这手艺传下来没有。

前两年，在网上看到一位台湾老人怀念北京的翻毛月饼，忍不住在网上发帖子，也专门说到那皮子："如果一般的月饼层次有十五层，那么翻毛就有二十五层，只要稍一用力，外皮就会有一小片一小片剥落，像一根根翻飞的发浪，因此叫翻毛。"因怀有思乡之情，他把翻毛月饼皮说得那样层次分明，那样神。不过，他说翻毛得名是因为像翻飞的发浪，我是第一次听说。

赵先生在那则文章中说，当年卖翻毛月饼最好的店铺是东四八条西口的瑞芳斋。其实，那时候致美斋、正明斋等地方的翻毛月饼也不错，关键是那时候到处都有卖翻毛月饼的，那时候的竹枝词写道："红白翻毛制造精，中秋送礼遍都城。"翻毛月饼是那时候的大众化的月饼，并不想耍个噱头，花枝招展地妖冶地打扮着自己，借着中秋节变着法地赚钱。

赵先生的那则文章只说了翻毛月饼的一种枣泥馅,其实,翻毛月饼的馅有多种,梁实秋先生在《雅舍谈吃》里就说过:"有一种山楂馅的翻毛月饼,薄薄的小小的,我认为风味很好,别处所无。大抵月饼不宜过甜,不宜太厚,山楂馅带有酸味,故不觉其腻。"

据说当年致美斋还有种鲜葡萄馅的,也是一绝。如果把这样"别处所无"的翻毛月饼重新挖掘,没准能给越演越烈的月饼市场添点儿新意。在日益注重浓妆艳抹的过度包装中,重走本色派老路,就如一位诗人的诗所说"把石头还给石头",也把月饼还给月饼。

翻毛月饼是一曲乡间民谣。越发豪华的广式或苏式月饼,已经成为闹哄哄秀场上的歌手大奖赛。

2008 年 8 月 27 日于北京

喝得很慢的土豆汤

那天下午两点多,我和妻子路过北大,因为还没有吃午饭,忽然想起儿子曾经特意带我们去过的一家朝鲜风味小馆就在附近,离北大西门不远,一拐弯儿就到,便进了这家小馆。

大概由于早过了饭点,小馆里没有一个客人,空荡荡的,只有风扇寂寞地呼呼吹着。一个服务员,是个胖乎乎的小姑娘,走了过来,把我们领到靠窗的风扇前让我们坐下,说这里凉快,然后递过菜谱问我们吃点儿什么。我想起上次儿子带我们来,点了一份土豆汤,非常好吃,很浓的汤,却很润滑细腻,微辣中有一种特殊的清香味儿,湿润的艾草似的撩人胃口。不过已经过去了两个多月的时间,我忘记是用鸡块炖的,还是用牛肉炖的,便对妻子嘀咕:"你还记得吗?"妻子也忘记了。儿子在北大读书的时候,常常和同学到这家小馆里吃饭。由于这家小馆是二十四小时营业,价格和朝鲜风味又都特别对他们的口味,所以非常受他们的欢迎,他们对这里的菜当然比我们要熟悉。大学毕业,儿子去美国读研,放假回来,和同学聚会,总还要跑到这里,点他们最爱吃的菜。可惜,儿子假期已满,又回美国接着读书去了,天远地远,没法子问他了。

没有想到，小姑娘这时对我们说道："上次你们是不是和你们的儿子一起来的，就坐在里面那个位子？"她说着一口比赵本山还浓郁的东北话，用胖乎乎的手指了指里面靠墙的位子。

我和妻子都惊住了，她居然记得这样清楚。那时，我们和儿子确实就坐在那里。

我更没有想到的是，她接着用一种很肯定的口气对我们说："那次你们要的是鸡块炖土豆汤。"

她这样肯定，让我从心里相信了她，不过，我还是开玩笑地对她说："你就这么肯定？"

她笑了："没错，你们要的就是鸡块炖土豆汤。"

我也笑了："那就要鸡块炖土豆汤。"

她望望我和妻子，像考试成绩不错得到了赞扬似的，高声向后厨报着菜名："鸡块炖土豆汤！"高兴地风摆柳枝般走去。

刚才和小姑娘的对话，让我和妻子在那一瞬间都想起了儿子。思念，一下子变得那么近，近得可触可摸，就在只隔几排座位的那个位子上，走过去，一伸手，就能够抓到。两个多月前，儿子要离开我们回美国读书的时候，特意带我们到这家小馆，让我们尝尝他和同学的青春滋味。那一次，他特别向我们推荐了这个鸡块炖土豆汤，他说他和同学都特别爱喝，每次来都点这个土豆汤，让我们一定要尝尝。因为儿子出发前的时间安排得很满，我和妻子知道，那一次，也是他和我们的告别宴。所以，那一次的土豆汤，我们喝得格外慢，边聊边喝，临行密密缝一般，彼此嘱咐着，诉说着没完没了的话，一直从中午喝到了黄昏，一锅汤让服务员续了几次，又热了几次。许多的味道，浓浓的，都搅拌在那土豆汤里了。

不过，事情已经过去了两个多月，我都忘记了到底喝的什么土豆汤了，这个胖乎乎的小姑娘居然还能够如此清楚地记得我们喝的是鸡块炖土豆汤,而且记得我们坐的具体位置,真让我有些奇怪。小馆二十四小时营业,一直热闹非常,来来往往那么多客人,点的那么多不同品种的菜和汤,她怎么就能够一下子记住了我们,而且准确无误地判断出那就是我们的儿子,同时记住了我们要的是什么样的土豆汤?这确实让我好奇,百思不解。

汤上来了,鸡块炖土豆汤,浓浓的,热气缭绕,清香味扑鼻。抿了一小口,两个多月前的味道和情景立刻又回到了眼前,熟悉而亲切,仿佛儿子就坐在面前。

"是吧,是这个土豆汤吧?"小姑娘望着我,笑着问我。

"是,就是这个汤。"

然后,我问小姑娘:"你怎么记得我们当初要的是这个汤?"

她笑笑望望我和妻子,没有说话,转身走去。

那一天下午的土豆汤,我们喝得很慢。

结完账,临走的时候,小姑娘早早地等候在门口,为我们撩起珠子穿成的门帘,向我们道了声"再见"。我心里的谜团没有解开,刚才一边喝着汤一边还在琢磨,小姑娘怎么就能够那么清楚地记得我们和儿子那次到这里来吃饭坐的位置和要的土豆汤?总觉得一定是有原因的。那么,是什么原因呢?是那一次我们的土豆汤喝得太慢,麻烦让她来回热了好几次的缘故,让她记住了?还是因为来这家小馆的大多是附近年轻的大学生,一下子出现我们这样大年纪的客人,显得格外扎眼?我不大甘心,出门前再一次问她:"小姑娘,你是怎么就能记住我们要的是鸡块炖土豆汤的呢?"她还是那样抿着嘴微微地笑着,没有回答。

我只好夸奖她:"你真是好记性!"

一路上,我和妻子都一直嘀咕着这个小姑娘和对于我们而言有些奇怪的土豆汤。星期天,和儿子通电话时,我对他讲起了这件事,他也非常好奇,一个劲儿直问我:"这太有意思了,你没问问她到底是怎么回事吗?"我告诉他:"我问了,小姑娘光是笑,不回答我为什么呀。"

被人记住,总是一件让人高兴的事,不过,对于我们一家三口,这确实是一个谜。也许,人生本来就有许多解不开的谜,让生活充满着迷离的想象,让人与人之间有着神奇的交流,让庸常的日子有了温馨的念想和悬念。

又过去了好几个月,树叶都渐渐地黄了,天都渐渐地冷了。那天下午,还是两点多钟,我去中关村办事,那家小馆,那个小姑娘,那锅鸡块炖土豆汤,立刻又从沉睡中苏醒过来似的,闯进我的心头。离着不远,干吗不去那里再喝一喝鸡块炖土豆汤?便一拐弯儿,又进了那家小馆。

因为不是饭点儿,小馆里依然很清静,不过,里面已经有了客人,一男一女正面对面坐着吃饭,蒸腾的热气弥漫在他们的头顶。见我进门,一个小伙子迎上前来,让我坐下,递给我菜谱。我正奇怪,服务员怎么换成男的,那个小姑娘哪里去了?我扭头看见了那一对面对面坐在那里吃饭的人中的那个女的,发现就是那个胖乎乎的小姑娘,对面坐着的是一个年龄四五十岁的男人,看那模样长得和小姑娘很像,不用说,一定是她的父亲。她也看见了我,向我笑笑,算是打了招呼。

我要的还是鸡块炖土豆汤。因为炖汤要有一些时间,我走过去和小姑娘聊天,看见他们父女俩要的也是鸡块炖土豆汤。我笑了,她也笑了,那笑中含有的意思,只有我们两人明白,她的父亲看着有些蹊跷。

我问:"这位是你父亲?"

她点点头,有些兴奋地说:"刚刚从我老家来。我和我爸爸都好几年没有见了。"

"想你爸爸了！"

她笑了，她的父亲也很憨厚地笑着，望望我，又望望女儿。

难得的父女相见，我能想象得出，一定是女儿跑到北京打工好几年了，终于有了父女见面的机会，这是难得的。我不想打搅他们，走回自己的座位，要了一瓶啤酒，静静地等我的土豆汤。我的心里充满着感动，我忽然明白了，这个小姑娘当初为什么一下子就记住了我们和儿子，记住了我们要的土豆汤。人同此情，情同此理，没有比亲人之间分别的思念和相逢的欢欣，更能够让人感动和难忘的了。亲情，在那一刻流淌着，洇湿了所有的时间和空间的距离。

土豆汤上来了，抬头一看，我没有想到，是小姑娘为我端上来的。我还没有责怪她怎么不陪父亲，她已经看出了我的意思，先对我说："我们店里的人手少，老板让我和我爸爸一起吃饭，已经是很不错了。"和上次她像个扎嘴儿的葫芦大不一样，小姑娘的话明显地多了起来。说罢，她转身走去，走到他父亲的旁边，从袅娜的背影，也能看出她的快乐。

那一个下午，我的土豆汤喝得很慢。我看见，小姑娘和她爸爸的那一锅土豆汤喝得也很慢。

2004年9月15日于北京雨中

四　杜鹃，杜鹃

到扬美古镇有多远

到扬美古镇,从广西南宁出发,只有三十六公里。其实并不远,但由于路况赶不上高速公路,三十六公里的路程,颠簸迤逦而来,开车要走一个多小时,路显得远了一些。不过,依据我的经验,到一个类似古镇的旅游景点去,如果路况非常好,一路高速,平坦开阔,无遮无挡,一般那里也就容易人满为患,路是好跑了,景色却大打折扣。再画蛇添足搞一些人工景观,浓妆艳抹,就更不足为观。所以有人说人多的地方无风景,不无道理。

去扬美古镇的路,显得遥远而难跑一些,恰恰是吸引我的地方。藏在深闺人未识,扬美应该保存着最为淳朴美丽的特色。万籁俱寂,万物如洗,清新如同田野里的风,干净如同没有被污染的溪水,一定会让我一饱眼福而叹为观止。四年前,我去广西大新县看德天瀑布,就是和今天去扬美的情景一样,路也不大好跑,但是,到了那里一看,比想象的还要壮观,飞天而下的瀑布,溅落在静静的山谷间,响彻着旁若无人的轰鸣,让我觉得真是不虚此行。

所以,我相信,去扬美古镇,一定也会是不虚此行。

当路越来越细,人越来越稀,甘蔗林越来越密,香蕉树越来越郁郁葱葱，而风中裹挟而来的花香越来越芬芳诱人的时候，我知道，扬美古镇快到了。而这一路上在起起伏伏的山坡谷地上那一眼望不到边的甘蔗林、香蕉树，本身就是南国一派独特的风景线，先声夺人，让我对扬美多了一分期待。沿途并不宽也不平的公路两旁，远处青翠欲滴的山是画，近处清澈透底的水是画，村落前婀娜多姿的凤尾竹是画，古木参天的红木棉是画，一派金黄的稻田是画，放牧田野的水牛是画。哪怕是水边在风中摇曳的一茎苇草、一只蜻蜓，天空中飞舞的一朵流云、一片雾霭，路旁张望着一双明澈眼睛的牧羊犬和抖动着漂亮翎毛的山鸡，也都是一幅幅画。真的是车在画中走，人在画中游。如果换成在高速公路上跑，路的两旁都修剪成了整齐划一的街树和花圃，该是多么单调。

如今古镇越来越被人们所重视，进而被开发成为旅游的景点。在江南，这样的古镇已经为人们耳熟能详，比如最有名的周庄、乌镇、同里或南浔。扬美，暂时还不能为外人特别是外地人所熟知，或者说起码不能够和上述的那些名声遐迩的古镇一样显赫。因此，来南宁的外地人，一般人更知道或者更愿意去北海、友谊关，再远一些的去桂林，而知道并愿意去扬美的，则很少。其实，扬美，比北海、桂林和友谊关等地方都近，更重要的是，扬美那独有的人文与自然风光，不假雕饰，不施粉墨，古朴而率真，可谓不著一字，尽得风流。

历史上古镇的形成，都首先和它的独特的地理位置有关。扬美也不例外，它镇守在左江、右江和邕江三江汇合处，是进出南宁的西大门。它三面环江，半岛的地形颇似一幅八卦图，是风水先生极为得意之作，更是大自然鬼斧神工之作。据说扬美尚未建镇前，一片如雪的白花开满整个半岛，想来是更壮观的景色。

这座自宋朝就有的古镇，徐霞客曾经拜访过，并留下了这样的文字："自南宁来……过右江口，岸山始露石；至扬美，江石始露奇……

余谓阳朔山峭濒江，无此岸之石；建溪水激多石，无此石之奇。"我想当年徐霞客一定是乘船而来的，如果我们和徐霞客一样乘船来扬美，那沿途风光肯定更是不同凡响。

只可惜如今在扬美已经找不到一点儿徐霞客留下的踪迹，只能够迎风怀想当年他初次探访这里的惊奇和当时的古风悠悠了。如今扬美留下的建筑大多是明清时的，而且以清代的居多。扬美最有名的八大古街和八大古景（龙潭夕影、雷峰积翠、剑插清泉、亭对江流、江滩月夜、青坡怀古、阁望云霞、滩松相呼），依我看来，最值得一看的是古街和古码头。因为我们是从陆地来的，所以先看到的是古街而后看到古码头，如果是从水路而来，从码头上岸，会看到左边一条金马街，右边一条临江街，高高的拱形的石门，青砖蓝瓦，旁边是古老的水闸，一节一节的石阶，错落有致地从江面一直铺到石门前。左右石门顶端那书写得端庄有力的"金马街"和"临江街"各三个隶书大字，给古镇提神提气。而坐落在两街石门之间那棵历史在百年之上的老榕树，饱经沧桑的老人一般，成为古镇威风凛凛的神。如今满树挂着人们祈福的红布条，迎风飘飘，仿佛满树飞舞的红色精灵。当然，也可以说是古镇最好的迎客榕和活图腾。

在码头眺望江水，江水在这里打了一个很大的弯，急流一下子变成了缓和的滩涂，仿佛一个烈性的小伙子，到了这里立刻脱胎换骨变成了一个温柔的姑娘。阳光下，波光潋滟，正有准备参加龙舟比赛的船队在那里练习，齐心协力划落下的桨，给平静的江水留下一串柔情脉脉的音符。如果赶上五月端午，江面上龙舟争先恐后，岸上面的人群大呼小叫。据说龙舟比赛的获胜者，会得到一份独特的奖品——烧猪头，获奖者要抬着这个烧猪头沿街游行一周，和在奥运会上得了金牌一样风光无限。那会是扬美最惊心动魄的一景。

可以想象得出，日出日落时分，一派远避万丈红尘喧嚣的田园风光，是这里最恬静的时候。朝霞纷披之中，晚霞辉映之下，村民踩着露珠荷锄下田，到沐浴霞光渔舟唱晚，悠然自得，信马由缰，是最中国古典化的理想境界，让时光倒流。

还有比这里更安静更超尘脱俗的地方吗？江水静得没有一丝波纹，山峰静得没有一点风声，人们像走进了阆苑仙境。你可以看见幽静的江水中山和天空神话般瞬息万千的变化，你能够听到云的呼吸、山的细语、阳光的律动等大自然的天籁，交响在你的心头。如果是夜晚来，你可以触摸深邃的湖水，在夜色中和山峰的悄悄对话，月朦胧，鸟朦胧，莲动下渔舟，多少回忆在梦中。如果是微风细雨中，山连着水，水连着天，雨丝飘洒，整个湖水都在雨丝的飘洒中摇曳，你会随它一起飘飘欲仙。如果你想垂钓，或是游泳，或是放牧，你可以彻底脱掉沉重的盔甲，和这里的山、这里的湖融为一体，让心里扑满田园泥土的芬芳和来自江面上的不带一丝尘埃的清风。

在这里，我见到一位老农牵着一头水牛，正从江边走来。那水牛干净得仿佛水洗了一般，我从没有见过那样干净得没有一点杂毛没有一点泥水的水牛。它浑身的毛在闪着光，清澈的眼睛里也闪着光。我觉得只有在这里才能够见到这样的水牛，这是一头从江中走来或是从天边走来的神牛。而在码头前，我从一位老婆婆那里仅仅花了一元五角钱就买了她刚刚亲手缝好的一双小红鞋，她还特别用红线在鞋底上一左一右分别缝上了"扬美"和"古镇"的字样，红红的颜色，是那样明艳。她将一份梦想也一起缝缀在上面，让游人们带她和她的家乡远走天涯四方。

所以，当我走到码头的时候，发现从水路来扬美，然后拾级而上再逛古街，才是最好的选择。悠悠的江水是扬美最好的序曲，静静的码头拉开了扬美最美的第一幕。

这时候再到古街来，才能够体味到古街的风味。一街古旧甚至有些颓败的建筑，才和江水与码头相匹配。那一街青砖蓝瓦的房屋，是江水和码头生长出来的情感和生命，就像树开出的花朵一样。

金马街上，最有名的莫过于五叠堂和梁烈亚故居了。它们都是清朝的建筑，木窗、屋脊和屋顶都有花草虫兽、龙凤蝙蝠和人物传说的浮雕或图画，那色彩经历多年而仍然存在，实在是奇迹。

五叠堂是五进五出的大宅院落，通过宽阔的大门和轩豁的院子，可以让人想象得出当年的风光与气派。如今这里是扬美最大的一家餐馆了，坐在古旧的木桌木椅旁，品尝着这里的美味佳肴（据说这里有宋代的火锅和宋代的药膳鸡，非常有名），再烫一壶梅子老酒，一定能够回到遥远的宋代去了。其实，这里的小菜也非常好吃，特别是梅菜和酸菜，和别处的味道不一样。而且，这里生产的豆豉，有甜咸两种，特别是用木瓜炒的豆豉，更是别处少有的。

梁烈亚故居现在只剩下一厅三房和一座带厨房的小院子了，被梁烈亚的一个远房的亲戚住着，他在门口摆着一些香包做着小生意。梁烈亚是扬美古镇最赫赫有名的人物了，他和他的父亲梁植堂先生，都是辛亥革命的风云人物，都曾是孙中山的战友，梁烈亚还当过孙中山的秘书。他和他父亲在扬美的家曾经是孙中山领导的镇南关起义筹备会议的会址之一。只不过，那时，他们的家比现存的大多了，要占整个金马街的半条街。

临江街上的房子大多是清代的，被称为"清代一条街"。这种以砖瓦结构为主的房子，始建于道光年间，然后经年整修，大致成为如今新旧杂陈的模样。青墙蓝瓦上的藤蔓蕨草，肯定不是当年的了，但脚下的青石板铺成的老路，却还是当年的。屋前房后，栽满了锦葵、吊钟、木槿和喇叭花，使得这条老街显得年轻而生气勃勃。香蕉、木瓜、柚子像顽皮的孩子似的爬上房顶，或探出院子，更显得情趣盎然。

据说，扬美出过四位进士、八十多位秀才，他们大多是出自临江街。进士屋和举人屋，都是这里的一景。其中黄氏庄园是最值得一看的，它建于乾隆年间，占地九百余平方米，分三座坐南朝北的独立庭院，东西有厢房，后面有厨房，光门就有大门、二门、侧门之分，屋檐都有青松、木棉、兰花、牡丹的装饰图案。其气派和阔大，大概只有梁烈亚的旧宅可以和它相比。如今，它已经历经黄家十代，一位后人在城里退休后回来看管。偌大的一座庄园，只住着他一个人，便越发显得空旷。门口摆着一个箱子，上写"入门参观，每人五角"，你不交钱，他也不管，自己躺在侧门的廊檐的竹躺椅上睡大觉，一副归隐田园、与世无争的样子。或许在睡梦中，他早已经回到前尘别世，"草色人心相与闲，是非名利有无间"。

你可能见过国内国外的许多大小名胜古迹，即使到广西，你也早见过桂林、北海风光，如果你没有到过扬美，你应该到这里来看看，你会涌出与在别处不一样的感觉。虽然这里显得破旧一些，到这里来的路显得难走一些，但真正值得一看的风光，正是不在于景物的簇新，不在于路途的笔直。到扬美来，你的心都会滤就得水晶一般澄净透明，不染一丝芥蒂，心随山静，意与水洁。这里淳朴的田园风光能够帮助你完成一个脱胎换骨的愿望。

2004年国庆节写于北京

无锡记忆

花窗

  第一次到无锡，是 1979 年的夏天。我在南京《雨花》杂志改稿间隙，独自一人坐火车跑到无锡。下火车，过小桥，就近在一家旅馆住下，开始逛无锡。出旅馆大门，看见院内一面围墙上，开着好多扇小窗。每一扇窗的形状都不一样，有圆形、方形、菱形、扇面形、石榴形、如意形……窗檐有碎瓦或碎石镶嵌，呈冰花、梅花等花纹。这些花窗都是漏窗，窗后的繁花修竹，摇曳在窗前，让每一扇窗成为一幅不同的画。

  那是我第一次来到江南，之前没见过这里的园林，不懂得花窗是江南园林必不可少的元素之一，只是感到好奇，有些少见多怪。这不过是一家不大的旅馆，不过是一面不长的围墙，却精心（也许是习以为常）布满这样花样繁多的花窗。没进无锡城呢，先声夺人地闯进眼帘这一溜儿花窗。在我的记忆里，花窗是无锡递给我的一张别致的城市名片。

碧莲

　　第二次来到无锡，是四年之后，我带着孩子和老婆，一起先到南京，再到无锡，和上次路线相同。好心的南京朋友为了让我在无锡住得好一点儿，特意介绍了一位无锡的朋友，让我找她。她叫吴碧莲，刚刚写了一部长篇小说。

　　她为我找了一家宾馆，条件比我上次来住的小旅馆好许多，每天只要五元。当然，那时我的工资每月只有四十七元半。那是三月初春的季节，在宾馆门前见到她的时候，有一个印象，怎么也忘不了：她的手上有冻疮，都裂开了口子。这裂开的口子，像蚯蚓爬在一个江南秀气的年轻女子的手上，那样不协调。江南的冬天，比北京难过。也让我看着难过。

　　我们没有过多的交流。也曾经想过，都在文学这块不大的天地里爬，见面的机会总会有。我希望最好是在夏天里重逢，可以看见满池的莲花，应了她碧莲的名字。这是一个好听的名字。可是，将近四十年过去了，我再也没有见过她。

　　她送我的长篇小说《巷恋》，还保留在我的书柜里。

　　唐诗里写无锡古镇诗有句：千叶莲花旧有香。

泥人

　　游惠山，惠山寺、天下第二泉，孩子不感兴趣。那一年，他不到四岁，感兴趣的是惠山泥人。记得那时候，惠山脚下，有很多卖泥人的小店，价格很便宜。

　　惠山泥人传统的形象代表，应该是阿福。我先买了一个。孩子不感兴趣，也不管传统，看中了一个孙悟空抱着个大酒坛子醉酒的泥人。

孙悟空这样的形象，很少见，憨态可掬。孩子又相中一套白雪公主和七个小矮人，白雪公主白裙飘逸，亭亭玉立，七个小矮人身穿各色各种样式衣服，簇拥着白雪公主。无锡归来，留下最深印象的，对于孩子，是泥人，是孙悟空，是白雪公主和七个小矮人。

我很奇怪，那是二十世纪八十年代初期，惠山泥人很有些超前的意识，起码不保守，不固守传统造型阿福一类，而是遍地开花，中外神话童话都可以为我所用。一抔惠山泥，捏出万千身。

回家不久，孩子就把阿福送人了。孙悟空、白雪公主和七个小矮人，至今还留着，给他自己的孩子玩。

草莓

已经忘记当时住在什么地方，如今让我找，连影子都找不到了。无锡城里变化太大，高楼大厦和宽马路，俨然一座现代化的大都市风貌。

记得那时离住处不远有一个菜市场，几分钟的路，没几步就到。菜市场很小，没有现在菜市场常见的摊位，蔬菜和水果，都是摆在地上，一个个卖菜的人，蹲在地上。清晨洒过水的石板路上，湿漉漉的，让这些菜果、这些卖菜的人都显得很清新。他们都来自附近农村，菜果也都来自农家，属于自产自销。这种小市卖菜的方式，颇具乡间味儿、烟火气，如今见不到了。

那是个春天的早晨，我走到那里，无意买菜，只是随意遛弯儿。看见一个小姑娘卖草莓。她也是蹲在地上，草莓放在她身边一个浅浅的小竹篮里。草莓个头儿非常小，我还没见过这样小的草莓，小得像一粒粒的红珍珠。每一粒草莓都带有绿蒂，绿得格外鲜嫩，像特意镶嵌上去的一片片翡翠叶，让每一粒草莓都那么玲珑剔透。

我蹲下来挑草莓，小姑娘不说话，微微笑着望着我。那草莓非常好吃，不仅很甜，关键是有难得的草莓味儿。将近四十年过去了，我再也没吃过那么小那么好吃的草莓。不知怎么，每次一吃草莓，总会忍不住想起那次在无锡小市上吃的草莓，想起那个小姑娘。小姑娘有十几岁呢？超不过十二三吧？如今，该是老婆婆了，要是在农村，该儿孙满堂了。也可能早就赶上拆迁，成了无锡城里人。

前两天读《剑南诗稿》，看到这样一句：小市奴归得早蔬。便又想起那年无锡春天，小市晨归得草莓。

蠡湖

二十世纪八十年代，我来无锡多次。每一次，最爱去的地方，是蠡园。这里有范蠡和西施的传说，他们一个归隐江湖，一个忠心报国；一个在事后，一个在事中；都是人生重要的节点，纵使世事沧桑，再如何春秋演绎，千古如此。

关键这里还有一个蠡湖。和在鼋头渚看太湖相比，因为没有那么多的亭台楼阁和花草树木点缀（记得那时湖岸边也没有围栏杆），这里更为开阔平坦，也平静，无风的时候，湖面波平如镜，一望无际，感觉比太湖还要大。

更关键的是，从蠡湖可以坐船到梅园。船是农家小船，一叶扁舟，木橹轻摇，欸乃有声，荡起一圈圈轻轻的涟漪，连接着水天相连的远处。真觉得当年范蠡携西施泛舟而去，就是这个样子，乘着这样的小木船，消失在烟波浩渺中。

站在船头摇橹的，是当地的农人夫妇。小船上，只坐着我一个游人。湖面上，荡漾着他们两人的影子，寂然无声，只有摇橹的水声和习习的风声。

那时候，我正读应修人、潘漠华和郑振铎的小诗。当天回到住所，模仿着他们的诗，我写下这样两行——

摇橹夫妇的影子落在蠡湖上
你们自己把它摇碎了

阿炳

如今，阿炳成了一个传奇，或者说，成了一个传说。

对于无锡，阿炳不可或缺。为他建一座故居，有些难度。因为当年阿炳穷困潦倒，住的只是破旧的土屋。如果仅仅是几间这样的土屋做故居，似乎有点儿不像话。如今，故居土屋背后的雷尊殿旧址，被辟为展览室，又从别处移来一座年代久远的老石牌坊，立在土屋一侧，四周种植花草，有了彼此的依托。故居斑驳的土墙，便显得不那么寒碜，而是有些沧桑了。

更何况，故居外面是新开辟的广场，被命名为"二泉映月"广场，广场上，借用老图书馆楼作为背景，立有无锡籍雕塑家钱绍武雕塑的阿炳像。这尊阿炳垂头躬身满拉琴弓的雕塑，很给阿炳提气，一甩潦倒气象。这样由几间土屋连带展览馆、石牌坊和花木掩映院落的故居，再进而扩展到轩豁的广场，帮助阿炳完成了彻底的翻身解放。

总觉得在故居破旧土屋里，循环播放的"二泉映月"二胡曲，更能让我依稀看到阿炳的影子。无形的音乐，比一切有形的东西更伟岸，如水漫延而无所不在。

校园

校园，尤其是中学校园，建得能和公园媲美的，实在少见。锡山中学，是这样少见的校园之一。起码，对于见识浅陋的我是这样的。北京最漂亮的中学校园，要数潞河中学，但也赶不上它，起码没有它占地面积如此开阔，更没有这样茂盛的江南花木。在南方，我见过最漂亮的中学校园，是广东中山市的中山纪念中学，锡山中学有能力和它媲美。

难得的是，锡山中学开设了十七门艺术课，供学生自由选择，要求每一位学生一学期学习其中一门艺术课。这些课程，并不参与考试，只是培养学生的艺术修养和品性。学校的主旨是培养"优雅生活者"，而不是只会读死书应对考试的书虫。在一切以高考为轴心的教育体制和理念指挥下，我没有见过一所学校，设立过这样多达十七门的艺术课程。曾经多年提倡过的素质教育，在这所校园里，才长出绿草红花、修竹茂树，那样生机勃勃，温馨动人。

每年，校园里都会举办一次全校的艺术节。即使在平常的日子里，放学之后，晚饭之后，落日熔金，月上树梢，教学楼大厅的钢琴会不时响起，有同学会坐下来即兴弹奏一曲。优雅的琴声荡漾在校园里，是为这样美丽的校园最好的伴奏。这样美丽的校园，才配得上这样美好的学生，这样美好的黄昏与夜色。

松花饼

我第一次吃松花饼，是在无锡的太湖之滨的一家农家乐里，那是一个夫妻店。

春末时分，晚樱未落，茶花将残，小店窗外便是太湖，波光潋滟，奔涌至窗前。仿佛这一切景象，都是为衬托松花饼隆重出场，犹如戏曲里的锣鼓点后主角粉墨登场。

店家女主人，推荐了这款松花饼，说是时令食品，只有这时候有，过季就吃不着了。我吃过云南的鲜花玫瑰饼，也吃过洛阳的牡丹鲜花饼、苏州的酒酿饼，还吃过北京的藤萝饼，都是时令食品。过去人们遵从古训"不时不食"，讲究吃食与节令密切相关，如今这样的传统大面积保留下来的，只有端午的粽子、中秋的月饼、正月十五的元宵了，很多民间曾经流行的时令小吃已经断档了。

松花饼端上来了。一个硕大的碟子上，只是托着圆圆的一小块。上面覆盖着一层比柠檬黄更深也更明亮的黄色，茸乎乎的，像小油鸡身上新生的黄绒毛。似乎轻风一吹，就能如蒲公英一样被吹散，格外惹人怜爱。

这便是松花饼了。我尝了一口，发现比起鲜花饼、酒酿饼和藤萝饼，它没有一点点甜味，是一股清新的味道，是雨后早晨松树散发出的味道，并不撩人，不仔细闻，几乎嗅不到，却入口绵软即化。

以前，以为松树不开花，其实是开花的，只是花很小，很快就会落满一地。做松花饼，最难是收集这些细碎的松花，然后把松花晾干，再碾碎成粉。在这个过程中，最怕的是松花变色，而且，松花最容易变色，必须时刻盯着松花，不停通风阴凉翻晾，才能始终保持明黄如金。

松花下面包裹的是黑米，这是一种糯米，经过一种特殊黑草叶的熏陶后，浑身黑如乌金，米香中带有草木的清香。这种黑米，我吃过，但和松花一起吃，是第一次。这是一种奇妙的组合，一个来自树，一个来自草，两种颜色，两种味道，先在视觉后在味觉中打散，翻了两个跟头，呈现在你的胃里。想想，有点儿像西餐里的双色蛋糕，也有点儿像双色的鸳鸯茉莉花，或者，像钢琴演奏中的双人联弹。

2021 年 6 月 29 日于北京细雨中

在历下古城穿街走巷

历下古城，格局虽小，却和京城相似。以明德王府为中心，东西对称，南北辐射，左社右庙，四围城垣，街道基本是正南正北，房屋也都排列有序。像京城的故宫一样，德王府就是历下的皇宫。

和京城不一样的是，这些大街小巷中有泉水流过。街巷中，院落里，甚至屋子的炕沿下，藏有无数的泉眼。这是京城绝对见不到的，让我想起刘恒当年写的小说《贫嘴张大民的幸福生活》：新婚的小两口，要在院子里盖小房，无奈院子实在太小，只好把院子里的一棵树也盖进屋子里。小说改编成电影的时候，英文片名叫作《屋子里的树》。这和屋子里的泉，是完全不同的两种景致。

我想，这应该是刘鹗在他的小说《老残游记》里对历下古城概括最主要的原因，所谓"家家泉水，户户垂杨"。坦率地讲，一座古老的城，做到户户垂杨，并不难，只要有规划，历朝历代坚持植树就可以了；要想做到家家泉水，不那么容易，它需要上天的眷顾、大自然得天独厚的恩赐才行。

要想寻历下这样的古城古韵，自然要来这里穿街走巷。这样的古城古韵，既有历史的回忆和想象，又有地理的肌理与走向。

如今，在迅速城市化的进程中，各地古城的变化极大，老街区渐渐缩小，乃至破坏全无，都是屡见不鲜的。历下古城，一样也在萎缩。不过，居然还保存着以明德王府西侧至芙蓉街，北至百花洲这一片老街巷，实属不易。这为我们来寻历下古风旧韵，留下了一块宝贵的活化石。

我是南从芙蓉街，北至文庙，然后东拐到百花洲，走曲水亭街、起凤桥街和王府池子街，沿西更道返回明德王府。这一片街巷，是当年历下古城很小的一部分，却是最精华的部分，可以说是历下古城的点睛之笔。当年老舍先生说，如果丢了泉，"济南定会丢失了一半的美"。如果再丢掉这一片老街巷，济南的另一半的美，便也就没有了。

因此，到这里来穿街走巷，真的比去人满为患的趵突泉，更重要一些，也更惬意一些。

芙蓉街是历下的一条古老的商业街，类似京城的大栅栏。宽窄和大栅栏一样，都是五米左右，长却要比只有二百七十五米的大栅栏还要长，有四百多米。这大概和这条街的尽头是文庙有关，中国古代讲究是前市后庙，有庙的地方必有集市，香火越旺，集市也越旺。同大栅栏一样，芙蓉街最兴旺也是在清末民初时期，那时的商铺最多有一百四十多家，鳞次栉比，像蒜瓣一样拥挤在这条五百米的街两旁。

难得的是，这条老街上很多老商铺的老建筑，今天还在，并没有被毁坏。这实在是万幸的，而不像一些城市的老街，街两旁的建筑，一色仿明清的新房子，油饰一新，让人不忍卒睹。和京城的大栅栏相比，尽管这里显得杂乱破旧，却也显得更为古朴一些。大栅栏街上，除了瑞蚨祥等几个有限的老建筑，其余的都是新得不能再新了。

和大栅栏不一样的是，芙蓉街上有芙蓉泉、朱砂泉，两泉皆是和德王府中的珍珠泉水脉相连，是珍珠泉的连襟，和一般平民家的泉水自是不同。自古"泉""钱"两字相通，这恐怕也是芙蓉街兴旺发达的另一个原因。

一条繁华的商业街上，有几个泉眼，在不停地汩汩冒水，再有泉水沿街淙淙流淌，和在公园里看到泉水的感觉，是不大一样的。这让我想起捷克的卡罗维发利古城，那里因举办卡罗维发利国际电影节而闻名。和济南一样，它也是一座泉水之城，在城市的老街上，到处可以看见喷吐的泉水。那里的人们便在泉水流过之处，搭起很多个漂亮的凉亭，接出好多个造型各异的水龙头，供路人和游人随便接泉水而饮。沿街便衍生出许多卖水杯的小卖部，那水杯不是常见的玻璃杯或塑料杯，而是造型可爱的陶杯或瓷杯，成了艺术品。人们用它们接完泉水喝下之后，还可以把它们带回家去作为精致的纪念品。这可真是不错的创意，让泉水化为生意经，还成为一座城市给予人们的永久的回忆与纪念。或许，将来在芙蓉街进一步的改建与发展中，能够从中得到一点启发和借鉴，让泉城不只为一个概念，而真的流动起来，从历下古城流向全国乃至世界各地。

穿过芙蓉街，参观过文庙，就来到了百花洲。百花洲，是一片平湖，据说是宋朝曾巩来此为官时所辟。街对面，便是赫赫有名的大明湖。大明湖以前水域宽阔，便猜想当年百花洲应该是和大明湖相连的，一问，果然，济南的朋友说，原来这里有一座桥，叫鹊华桥，连接着大明湖和百花洲。也就是说，如果百花洲、大明湖都是由南面的山泉之水汇聚而成，那么，百花洲是大明湖的前奏，或者说是大明湖的一个蓄水池。

虽然和曾巩时代相比，百花洲已经小了很多，但在古城窄小的街巷之中，还是显得体量不小。湖水四周，有杨柳依依，成为老街一处别致的景观。走过百花洲，就来到了曲水亭街。这恐怕是历下古城保存最好的一条古街了。刚刚走到这条街的北头，感觉立刻不一样。因为街的一侧有泉水汇聚的一条小河，蜿蜒从街的南头流淌而来，两岸有小桥衔接。水边不仅有垂柳拂岸，也有街坊们在洗衣洗菜，小孩子在嬉戏玩耍，老人在围枰对弈。岸的两侧，则是住户人家，粉墙青砖，花脊黛瓦。这样"小桥流水人家"的景致，是只会在江南才能够看见的。以前，也曾经来济南多次，却都是在大明湖、趵突泉等常见的景点惯性游览，竟然一次也没有来过这里，方才想到，为什么当年沈从文先生来到这里叹为观止了。

如今，靠近北头百花洲一端的曲水亭街两岸的民房，大多被改造为酒吧、书屋、咖啡店之类，商业旅游的气息，一下子多于原本的民居本色。店铺都不大，但布置得都古雅风情，而且都会在屋外摆几把椅子、小桌，面对小河杨柳，相看两不厌。有意思的是，小店门的两旁，都贴有或刻有对联。那对联不是旧的，都是新写上、刻上的，却都不重复。不知都是出自何人之手，内容都不是趋时应令，或那种网络的微信体，而是很古朴，唐风宋韵，给人一种错位的感觉。记住了两副门联，一副是自撰的"泉隔市井，水洗心尘"，一副是放翁的诗"研朱点周易，饮酒读陶诗"。新旧不同，恬静自如的意思是一样的，我觉得和小店相配，和老街四衬。

沿曲水亭街往南走，景色渐异，风情渐变。由于地下有泉水流动，曲水亭街和其他正南正北的老街不同，不再那么笔管条直，而是随水流而蜿蜒，有一种流动的美。这和京城前门地区长巷与草厂胡同很是相似，那些自明朝就有的老街，也是因当年河水从前门的护城河往东南流向大运河的走向而变得蜿蜒曲折。只是，如今，京城这些独特走向的老街巷虽然还在，身边的水流却早已不再。曲水亭街却几百年来依然水流不停，真的让京城的这些老街羡慕死了。在南方，老街和河流相互依存，是常见的，并不新鲜。但是，在北方，一条街，在历史的变迁中，在大自然的动荡中，能够拥有如此漂亮的水流几百年来长流不断，真的是不多见的。

曲水亭街上，最有名的，大概是百花桥了。桥边原来有座六角凉亭，自清以来，被很多文人写过。这座凉亭，被当地人称为曲水亭。之所以有名，是因为亭中原来有一副楹联："两座小桥一湾流水，数椽茅屋几树绿杨。"传说为郑板桥所书。当然，这只不过是传说而已，是借名人演绎自己的一种说辞。这副楹联，是历下那副最有名的对联"四面荷花三面柳，一城山色半城湖"的摹本，其中运用数字和景物对接的方法，没有什么变化。

相比较，我更喜欢清时有人所写的一首竹枝词："曲水亭南录事家，朱门紧靠短桥斜，有人桥上湔裙坐，手际漂过片片花。"写得有情有景，质朴而活泼，将流水而过的曲水亭街的风情点染得很有些情趣。

曲水亭街南端，连接着起凤桥街和王府池子街。这也是两条老街，可以视为曲水亭街的延长线。同曲水亭街一样，那里的泉水也很多，最有名的，莫过于起凤泉、腾蛟泉和王府池子了。起凤泉，在住户的院子里，至今依然喷水；腾蛟泉，就在街面上，像现在的自来水龙头一样地小，不仔细看，很容易错过，却也是几百年来泉涌不断，一点不亚于珍珠泉和趵突泉。王府池子很大很深，在街的尽头，成为人们游泳的天然场所。我去的时候，一群老人正在那里如蛟似龙地扑腾，飞溅起的水花让一条老街晶莹湿润，显得那么不同寻常。

在北方的老城里，谁见过一条老街上的泉水如影相随？坐在泉水旁，可以消遣纳凉话家常；俯在泉水边，可以洗菜洗脸洗衣服；跳进泉水里，又可以用来游泳。真的，我没见过一条老街有这样的泉水，而且，人们让泉水为我所用，有这样多的功能。起码，在京城没有这样的一条老街。

2015 年 6 月 16 日于北京

芝加哥奇遇

我觉得,那应该算是一次奇遇。

那天,我去芝加哥交响大厅听他们演奏海顿的大提琴音乐会,在芝加哥大学前的海德公园那站赶公共汽车,紧赶慢赶,还是眼瞅着车门旁若无人般砰的一声关上,车屁股冒出一股白烟跑走了。只好等下一辆,心里多少有些懊恼。就在这时候,慢悠悠地走过来一位老太太,她满头银发,身板挺括,精神矍铄。我没有想到,下面是音乐会演出之前,老天特意为我加演的一支序曲。我应该感到庆幸没有赶上那辆车,否则,将和这位老太太失之交臂,便也没有了这次奇遇。

等车的只有我和老太太,闲来无事,便和老太太聊起天,偏巧老太太也是爱说的人,我们一起打发漫长的等车时间。老太太是德国人,开始和丈夫在爱沙尼亚工作。"二战"之后,爱沙尼亚被苏联占领,一直到1952年,她和丈夫才有机会离开那里,来到美国。丈夫研究生物学,在芝加哥大学当教授,后来又当了系主任。老太太便落地生根一般,一直住在了芝加哥,再没有动窝。

一边听着,心里一边暗暗算着,老太太得有多大年纪了。从来芝加哥到现在就已经过去了五十八年,再加上在爱沙尼亚工作的时间,起码有八十多岁了。可看老太太的样子，哪里像呀。尽管一般不问外国女人的年龄，我还是忍不住地问出了口。老太太的回答，让我惊叹不已，老天，她竟然整整九十岁了，这简直有点儿像是老树成精了。

她看出来我的惊讶，连说"我是1920年生人"，天真地证明着自己，绝对没有错。我忙说："没想到您的身体保养得这样好。"她笑着摆摆手说："不是保养，是常常听音乐会的结果。"

原来，我们是同道，都是去听芝加哥交响乐团的海顿大提琴音乐会。一下子，涌出"同是天涯爱乐人，相逢何必曾相识"的感觉。心里一个劲儿地想，这个世界上还有几个九十岁的老太太，能够有如此的兴致，身板如此硬朗，大老远的挤公共汽车去听一场音乐会？不敢说是绝无仅有的奇迹，也实在是难得一遇的奇遇。

车一直没有来，让我们多了一些交谈的机会。我知道了，老太太一生中最大的爱好就是音乐，芝加哥交响乐团是陪伴她半个世纪的朋友，从库贝利克到索尔蒂到巴伦博依姆，几任指挥走马灯一样轮换，她对乐团却葵花向阳一般始终如一。每年在它的演出季里挑选自己钟爱的音乐会，挤公共汽车去听，是她这些年的坚持。听到这里，我对老太太肃然起敬，无论什么事情，能够坚持这么长时间，就都不是一件简单的事情了。许多的经历，一次两次，也许说明不了什么问题，但坚持下来，放在人生的长河里，能随着时间一直流淌至今，即使穿不起一串珍珠，也穿起了属于自己最珍贵的记忆。尤其到了老太太这样的年纪，人和人之间显现出来的差别，不在于地位、房产或儿孙的荣耀，除了身体，最主要的就是能够拥有属于自己的回忆，这是一笔无人企及的最大财富。

不过，老太太也有属于自己的遗憾，那就是丈夫的工作忙，这辈子没有陪她听过一次音乐会。如今，丈夫早已经先她而去，她依然坚持自己一个人去听音乐会。她对我说，丈夫虽然没法陪她听音乐会，但一直都特别高兴她去听音乐会，每一次去听完音乐会回到家里的时候，丈夫总会听她讲讲音乐会的情景，便也和她一起分享了美妙的音乐，成了最难忘的时光。本来说好的，丈夫要陪她听一次音乐会的，票都提前订好了，丈夫却住进了医院，再也没有起来。

"是莫扎特。"老太太没有告诉我是哪年的事情，只告诉我听的是莫扎特的音乐，话音里并没有什么特别的哀伤，核桃皮一样皱纹覆盖的眼睛里闪着亮光，那里面也许更多的是回忆和怀念吧。我猜想，在没有丈夫的日子里，听音乐会不仅成了老太太的一种习惯，也成了她和丈夫相会的一种方式。

车来了，我要搀扶她，她却很硬朗地一个人上了车。这一晚的音乐会，是我听过的音乐会中最奇特的一次。因为有了老太太奇特的年龄和奇特的经历的加入，就像在乐谱里加入了奇特的配器，在乐队里加入了奇特的乐器一样，让海顿的大提琴多了一层与众不同的韵味。特别是觉得低沉的大提琴，那么像一位饱经沧桑却又保持一腔幽怀的老人。

2010 年 6 月 17 日于新泽西

机场的拥抱

在南京禄口机场候机回北京，我来得很早，时间充裕，坐在候机大厅无所事事，看人来人往。到底是南京，比北京要暖，离立夏还有多日，姑娘们都已经迫不及待地穿上短裙和凉鞋了。坐在我对面的女人，看年纪有三十多岁了，也像个小姑娘一样，穿着一条齐膝短裙，在与节气和年龄赛跑。

来了一对年老的夫妇，坐在我身旁的空座位上。听他们一口纯正的北京话，就知道是老北京人。他们说话的声音有些大，显然是丈夫的耳朵有些背了，年龄不饶人。但看他们的年龄，其实也就七十岁上下，并不太大。听他们讲话，是在苏州、无锡、镇江转了一圈，从南京乘飞机回北京。

忽然，我发现他们的声音变得小了。这样小的声音，妻子听得见，丈夫却听不清楚了。但是，妻子依然压低了嗓音在说话，只不过嘴巴尽量贴在了丈夫的耳边。我隐隐约约听见的话，是"真像！""太像了！"他们反复说了几遍，不尽的感叹都在里面了。

声音可以压低，像把皮球压到水底，目光却把心思泄露出来。顺着这对老夫妇的目光，我发现他们的目光如鸟一样，双双落在对面坐的这个女人身上。

我才仔细地看了看这个女人，发现她的黑色短裙和天蓝色长袖T恤，还有脚上的一双白色耐克运动鞋，很搭。还有她的清汤挂面的齐耳短发，也很搭。当然，和她清瘦的身材更搭。她很像一名运动员。刚才只看到她的短裙，其实，短裙并不适合所有的女人。在她的身上，短裙却画龙点睛，让一双长腿格外秀美。

很像，这个女人很像谁呢？心里便猜，大概是像这对老夫妇的女儿吧？天底下，能够遇到很相像的一对人的概率，并不高。这个女人，一定让这对老夫妇想起了自己的什么亲人。否则，他们不会这样悄悄地议论，声音很低，却有些动情。能够让人动情的，不是自己的亲人，又会是谁呢？

我看见，妻子忽然掩嘴扑哧一笑，丈夫跟着也笑了起来。我猜想，笑肯定和对面这个女人有关，只是并没有惊动这个女人。她依然翘着秀美的腿，在看手机，嘴角弯弯的，也在笑，但她的笑和这对老夫妇无关，大概是手机上的微信或朋友圈有了什么好玩的段子或信息。

"要不你去跟她说一下？""你去说吧，我一个老头子，怪不好意思的……"我听见老夫妇的对话，看着妻子站起身来，回过头冲着丈夫说了句："什么事都是让我冲锋在前头！"便走到对面的女人的身前，说了句："姑娘，打搅你一下！"那女人放下手机，很有礼貌地立刻站起来，问道："阿姨，您有什么事吗？""是这样的，你长得特别像我们的女儿。"说着，妻子打开自己的手机给这个女人看，大概是找到自己的女儿的照片，这个女人禁不住叫了起来："实在是太像了！怎么能这样像呢！"我忍不住看了一眼身边的这位丈夫，他一直笑吟吟地望着这女人。

"我们想和你一起照张相，不知道可以不可以？"妻子客气地说。

"太可以了！待会儿我还得请您把您女儿的照片发我手机上呢！"

丈夫站了起来，走到这个女人的身边，他的妻子冲我说道："麻烦你帮我们照张相！"说着，把手机递在我的手中。我没有看到手机上的照片，不知道他们的女儿和他们身边的这个女人到底有多像，但从他们的交谈中知道女儿十多年前去美国留学，毕业后留在美国工作，工作忙，孩子又刚读小学离不开人，已经有五年没有回家了。思念，让身边的这个女人像女儿的指数提高了。

照完了相，我把手机递给那位妻子的时候，听见丈夫对年轻女人说了句："孩子，我能抱你一下吗？"女人伸出双臂紧紧地拥抱了他。我看见，他的眼角淌出了泪花。我没有想到的是，那一刻，这个女人也流出了眼泪。

2015 年 4 月 21 日写于南京归来

杜鹃，杜鹃

现在是看杜鹃花的时节。我国杜鹃花的品种极多，但有两处的杜鹃，最让人难忘，非常值得一看。

一处是湖南九嶷山的杜鹃花，九嶷山的杜鹃在四月开花。《史记》中记载："舜南巡狩，崩于苍梧之野，葬于江南九嶷。"人们都知道九嶷山的湘妃竹，因舜帝葬于此而闻名，不大知道九嶷山的杜鹃，是因为传说中的娥皇和女英两位妃子千里迢迢逆潇水而上到九嶷，一路哭来，泪水滴落在竹上，紫痕斑斑，千年不落，才有了"斑竹一枝千滴泪，红霞万朵百重衣"的诗句。其实，娥皇和女英的泪水不仅滴在湘妃竹上，也滴落在杜鹃花上面。九嶷山的杜鹃一样有名，而且应该说比湘妃竹更动人。动人的是传说中说，舜帝未死之前，九嶷山漫山遍野开的都是红杜鹃，在舜帝倒地那一瞬间，满山的红杜鹃都齐刷刷地变成了白杜鹃，摇曳着为舜帝致哀。

杜鹃花知道舜帝教当地人制茶、办学堂，最后为百姓伏蟒受毒致死，而深得百姓的爱戴和怀念，才有了这样神话般的感应。想想一山的杜鹃在顷刻之间有了灵性，变了颜色，花随风摇，带动着巍巍高山也颜色陡变而随之摇曳，杜鹃摇曳着祭祀的白绸，山谷响彻悲恸的风声，该是多么壮丽的场面。从此，九嶷山每年四月，都是既开红杜鹃，也开白杜鹃。如今这时候到九嶷山，满山的红白杜鹃，扑扇着红白一对翅膀，把整个九嶷山带动得都飞起来似的，会让人迎风遥想，染上历史回味和岁月沧桑的杜鹃，不是一朵，也不是一丛、一片，而是漫山遍野怒放的红杜鹃、白杜鹃，真的是杜鹃之交响。

另一处是云南香格里拉碧塔海的杜鹃花，它们比九嶷山的杜鹃开得晚些，要在五月开花。碧塔海藏在香格里拉深处，一围群山，四处草甸，漫天清澈得像母亲怀抱那高原特有的天光云色，将碧塔海衬托得分外幽静而神秘。碧塔海周围遍布杜鹃花林，高原的红杜鹃，开得烂漫如火，似乎因为离着太阳近，把灿烂的阳光都吸收进花蕊里面，每一朵都红得像是要破裂得流淌下红色的汁液来，更是特别粗犷妖冶，肆无忌惮。

山野的风吹来，成片的杜鹃花约好了似的，"飞流直下三千尺"的瀑布一样飘落进碧塔海中，红艳艳一片，一天霞光云锦般地漂浮在水面上，燃烧的血一样荡漾。这时，会有成群的鱼闻香扑面游来，像是奔赴一年一次的情人约会而浩浩荡荡，争先恐后。那一份浪漫的豪情，如同高原上掠过的长风，一泻千里，无遮无拦。高原的鱼和花真是一样的秉性，也是豪放得很，咧着小嘴，贪婪地吞吃杜鹃花瓣，如同高原贪杯的汉子一样，不喝得一醉方休不会放下酒杯。吞吃杜鹃花瓣的鱼，便成群成片地醉倒，漂浮在碧塔海之上，成为高原最美丽的一景。当地人称之为"杜鹃醉鱼"。那种粗犷之中蕴含的平原湖泊中难得的浪漫（我们见惯的鱼大多被高科技的鱼食养得过于肥硕，盛放于精致的鱼盘中，或养成华丽的观赏类金鱼置放于恒温的玻璃鱼缸里），首先得益于红杜鹃托风传媒，慷慨地举身赴清池的浪漫，方才与鱼相得益彰，如此风情万种，将碧塔海变成红塔海，让人叹为观止。

如果九嶷山的杜鹃是壮丽的杜鹃，碧塔海的杜鹃则是浪漫的杜鹃。

如果九嶷山的杜鹃属于神话，碧塔海的杜鹃则属于童话。

2005 年春于北京

布拉格的咖啡馆

在我看来，欧洲尤其是西欧城市最迷人之处，一是雕塑，一是咖啡馆，两样均触目皆是，随处可见，点缀得城市仪态万方、风情万种。据说，仅巴黎一座城市就有上万个咖啡馆，许多名人和普通人一样，都是咖啡馆的座上客。而作家和艺术家更是咖啡馆的常客，雨果、司汤达、梅里美、普鲁斯特……可以数出无数作家的灵感是来自咖啡馆。

一般有机会到欧洲，我总要去咖啡馆坐坐，其实，我并不怎么喝咖啡。倒不是为了附庸风雅，只是坐在咖啡馆里的感觉真的很舒服，难得片刻的闲适，让心清静一下，哪怕只是瞬间而逝的清静。

这次来到布拉格，我事先对布拉格的了解太少，觉得是一个东欧的小城。实在有些小瞧了它，谁想到它的建筑和布局非常西欧化，其中一个特点就是咖啡馆和西欧的中小城市一样多。虽然赶不上巴黎的咖啡馆有上万个，但这里的咖啡馆和巴黎一样是遍布在街头，天暖和时桌椅摆放在户外，白天咖啡杯里融化着阳光，夜晚咖啡杯里搅拌着星星，还可以看街头红男绿女的穿梭往来，是一道带有古典韵味的街景。据说布拉格的冬天很冷，天冷时，人们到咖啡馆里，握一杯热气袅袅的浓咖啡，白雪红炉，相对而谈，是布拉格最好的享受。而且，在一般的街头咖啡馆里消费相当便宜，并不像我们这里将咖啡一下子贵族化。

布拉格的咖啡馆众多，尤其在老城和小城里，而且几乎每一个咖啡馆都有自己或动人或迷人的故事。咖啡馆像是一块腐殖质极多的肥沃的老田，能够滋生艺术的胚芽。了解这一切，再看不少作家的作品直接是从咖啡馆里汲取的灵感，甚至干脆是坐在咖啡馆里写出来的，就可以理解了。值得一提的是，布拉格的老城和小城历史悠久，从那里磨得凹凸不平的石头路就可以看出来。那里的咖啡馆有的藏在这样石头铺地的小巷深处，阳光也像岁月一样有一种旧旧的感觉，挥洒在咖啡碗中，搅动得苍茫而厚重，让你能喝出别样的滋味。

有一次，曾做过捷克驻中国大使馆第一任文化参赞的何德理老先生，开着他那辆老掉牙的车，带我们到布拉格郊外拜访了中国的一位叫作丹纳的友人墓地。拜访完毕，我们心里都有许多话要说，但什么也说不出来，一任车子在布拉格的绵绵秋雨中颠簸，落叶和雨珠一起纷纷扑打在车窗前。就这样，他一直把我们拉到一个偏僻但格外宁静的教堂旁的一座咖啡馆，浓浓的热咖啡立刻将寒冷的雨消融。指着窗外的那个教堂，他告诉我并特意在我拿着的咖啡糖纸袋上写上了这个教堂的名字——克拉斯特教堂。他用并不怎么流利的中文告诉我们，这是十三世纪的建筑，小时候他就爱在这里玩，时光过去了这么久，它还巍巍健在，还是老样子。

我知道，这是老先生特意带我们到这里喝咖啡的原因。世界上有些东西，有些感情，是不会随着岁月的潮水冲淡、冲远的。

那一天，我们去金街看卡夫卡故居，路过一个叫作维拉卡拉的小咖啡馆，外表看来，并不起眼，紧靠道边，拥挤不堪。据说，这是哈维尔总统最钟爱的一个咖啡馆。当年，哈维尔未当总统，只是一个剧作家的时候，请朋友聚会聊天，就爱到这里来。现在，他依然爱光临这里。美国总统克林顿访问布拉格时，他就请克林顿来到这里，并且为克林顿吹萨克斯管，弄得这里更是名噪一时。可以想象，到咖啡馆里来，和到会议大厅的感觉是多么不一样，即使是国家元首，到了咖啡馆，也会脱掉一些外衣，而不那么正襟危坐，回归更多普通人的状态。

这个咖啡馆的名字有意思，也有来历。维拉卡拉，在捷克语中的意思是即将成为修士的小教徒。捷克作家 Doctor 杨将其翻译成我们中国话——"还没有出家的小和尚"，这让我想起汪曾祺先生的小说《受戒》里那个天真可爱的小和尚来。据说，小咖啡馆刚建时还没有名字，常有附近教堂里即将"受戒"的"小和尚"来这里吃饭，给这儿带来一股清新而纯真的气息。久而久之，咖啡馆便用了这个名字，越发吸引人前来光临。

布拉格还有一个咖啡馆对我很有吸引力，是位于老城的老虎咖啡馆。这名字起得没来由，也没有维拉卡拉有韵味。但这是捷克本土上当代最负盛名的作家霍拉巴尔晚年常光临的地方。我来布拉格这一年的二月，霍拉巴尔刚刚去世，享年八十三岁。他的死很奇怪——一天他到窗台去喂鸽子，突然跌下窗坠楼而死。布拉格查理大学中文系的一个老师告诉我说，他的死很像他自己小说中的人物，他在一篇小说中就是这样处理人物之死。可惜我没看过这篇小说，只能揣测一些他为什么要和自己设计的小说中的人物有雷同的结局，这难道不是艺术的大忌吗？

想想，我倒是觉得他的死和我国的老作家徐迟先生的死有着某些类似。究其更深一些的原因，大概要上溯到霍拉巴尔晚年妻子去世，这一点和徐迟的经历很相似，晚年丧偶，对他们的打击一样重。霍拉巴尔常独自一人到这家老虎咖啡馆里饮酒或喝咖啡，一坐一个大半天，任谁也不理，只让酒精和咖啡因来麻木自己，排遣自己的忧愁和苦闷，几乎每一天都要喝得醉醺醺的方才出来回家。后来有好事的记者知道了，闻风而来，希望采访他，他却是一言不发，目光散乱了焦点，茫然不知望向何方。也有热情的读者知道，拿着他的著作请他签名，他有时会拿出他看过的报纸来，胡乱地在报纸上签名。有一次，哈维尔总统带克林顿总统到这里吃饭，向他打招呼，他也不理。这样的日子过了两年，两年里他常常来这家老虎咖啡馆枯坐，醉到月色星光满头。两年之后，他坠楼而亡。

如果说城市是一本打开的书，咖啡馆即使成不了这座城市历史风情的画卷中非凡醒目的扉页，也是一页不可或缺的插图，或古韵悠悠，或情致悠悠，成为这座城市的一个注脚。

1997 年 11 月记于布拉格

竹枝词里的大明湖

一直以为，北方城市里，济南是很特别的。特别之处在于，它比一般的北方城市多了几分江南的妩媚和湿润。细想一下，是它多水的缘故，而且，这水集中在古历下城内，就更是一般北方城市难有的了。大明湖和七十二泉，便成为济南的象征和代言，徒让北方的城市羡慕了。天津有水，海河穿城而过，却没有大明湖那样漂亮而轩豁的湖；北京倒是有湖，昆明湖，名气也不小，却是远在城之外了。更何况，"眼前一寺钟鱼寂，七十二泉来入湖"，大明湖是由七十二泉的泉水汇聚而成，就比人工挖掘的昆明湖，更多了几分浑然天成的自然和清冽。

所以，老舍先生早在1940年代就说过济南是"北方唯一的水城"。他进一步解释："山在北方不是什么难找的东西呀。水，可太难找了。济南城内据说有七十二泉，城外有河，可还得有个湖不可……这才显出济南的特色与可贵。"然后，他感慨道："济南的不凡，不但有水，而且是这样多呀！"这样多的水，就呈现在大明湖。

记得第一次到济南，是1970年代，下了火车，先奔大明湖，为的就是看北方城市里难有的这样多的水。因是在城内，很快就到了。

那时候的大明湖，没有如今这样多的建筑，沿堤也少有围栏，四周也少有高层楼房的遮挡，充满城市中难得的野趣，水天一色，让湖水显得更加开阔。或许更像古历下城的大明湖吧，或者更像刘鹗的《老残游记》和老舍小说《大明湖》里的大明湖吧。山水风景，和音乐一样，即便历过经年岁月的磨洗，依然会面貌依旧，风情依旧，清风徐来，飘荡着昔日一样美妙的旋律。

后来读《中华竹枝词全编》，发现其中"山东卷"里的竹枝词大多是写济南，写济南的又大多是写大明湖。可见大明湖不凡的地位，民间流传下来的竹枝词，让大明湖不仅有音乐的旋律，更多了诗的韵律，有了和时间一样绵长的味道。

到济南前，便早听说济南有"四面荷花三面柳，一城山色半城湖"一说。读清竹枝词"四面荷花柳线长，一城山色映沧浪。天然妙句留楹帖，输与风流老侍郎"，方才知道，这个对济南概括得最准确最生动也最有名的句子，出自清末老侍郎刘凤诰的手笔。因为这首竹枝词下有这样的一条注："刘金门少宰于铁公祠留一楹联云：'四面荷花三面柳，一城山色半城湖'。"前人炼句炼字的能力，超过今天我们洋洋洒洒的旅游说明书。

这副楹联，道出了大明湖独具的特色，便是大明湖的荷花、柳树，还有就是它的水多，占据面积之大。可以说，它是日后所有写大明湖的竹枝词的鼻祖，因为所有写大明湖的竹枝词，都离不开这三个特点。

先来看写大明湖的水："铁公祠下水潺潺，古历亭前碧水环。水自无心与山约，常从水底见南山"，几乎是"一城山色"的图画版；"历下城中半是湖，居水分水种菰蒲"，几乎是"半城湖"的解释版。"纵横水路各东西，船虽相近不相逢"，依然是写湖水之大，使得来往的船只看着相近却难得相逢；"出门十步是烟波""一钩斜月半帆风"，写的还是湖的阔大,前者写水多生烟,水多近人;后者借帆写湖,风生水起;前者写实,后者写意;两相映衬,水多且美。还有一首清末的竹枝词:"便利交通大小街,水乡何处有尘埃",则写的是大明湖给人们交通带来的便利,以及给城市带来的清洁与湿润,居然和民生相关了。

再看写柳:"寻常一样垂杨柳,栽向明湖便有情",极尽对柳的一派感情,那应该是柳与湖相互的感情,方才让湖与柳一直彼此依托,互为风景。"滟滟清波淡淡风,垂杨垂柳小桥东",有水处便有柳树,柳树和湖水,成为济南人最亲近也最平易的朋友。"杨柳如烟一望齐,玉箫吹破碧琉璃",碧琉璃,指的就是水,玉箫是在为大明湖的水吹奏,也是为一望无际的如烟杨柳吹奏,那应该是一支为大明湖和垂杨柳量身定做的抒情曲了。

写荷花,竹枝词里更多,这符合"四面荷花三面柳"之说,就应该更多。大明湖处处可以观荷,就像大明湖处处可以赏柳一样,但据说观柳最佳处当属当年诗人王渔洋曾经题写过《秋柳》的水面亭,观荷最佳处是在湖南面李公祠的觉沤亭,和湖北面铁公祠的小沧浪。有竹枝词:"天然绝妙大荷池,柳际芦间望不疲。隔水平分花色相,李公祠对铁公祠。"如今这两处旧址均在,李公祠在清末是李鸿章的祠堂,如今辟为辛弃疾纪念馆。当然,这是专门为外地游客来大明湖观赏荷花而挑选的景点,济南人则和荷花抬头不见低头见,处处相亲相近。"香生荷叶散千家",是诗人兼剧作家孔尚任的竹枝词;"六月荷香散满城",是无名者的竹枝词;不约而同都用了一个"散"字,写的都是满济南城的荷香荡漾,该是多沁人心脾的景象。"芙蓉桥畔是儿家,到门一路芙蓉花。水边芙蓉红在水,窗前芙蓉红在纱",写的是荷花的好颜色,一样花开千家,只是更生动,花开在水,红透窗纱,该是更美也更和普通人家相关的景色,难怪今天的济南人将荷花当成了自己的市花。

还有一首竹枝词："买得湖田二三亩，沿堤多半种荷花"，更是写济南人对荷花无与伦比的喜爱。这应该不是竹枝词的夸张，史书上曾有记载：历下城"环村种荷"，所以，另一首竹枝词里说济南人"梅花不种种荷花"，将其尊为市花，便有了源远流长的历史积淀，和情有独钟的现实因素。

正因为有了这样的水、柳和荷花三位一体的集中体现与展示，济南这座古城，才和一般的北方城市风光与性格不同，才具有了南方的一些特色。宋人黄山谷早就有诗"济南潇洒似江南"，竹枝词里便紧随其后乐此不疲地一再吟唱："城北湖光罨画长，水田漠漠似江乡"；"朋来寻乐话喃喃，赊酒一瓶鱼一篮。名士美人都不记，湖山潇洒似江南"；以致后有竹枝词不满于如此一味的旧调重弹，而写道："未必江南如此好，可怜只说似江南"，直说江南难比济南好了，有点山东人的气魄。

清末还有这样一首竹枝词，最让我流连："图书新馆傍湖开，汉碣秦碑剥绿苔。千古人文属邹鲁，蜀车绕过济南来。"这是专门记录当时大明湖畔新建的图书馆。重视文化，重视读书，我以为，这是大明湖的魂，有这个魂在，大明湖的水、柳和荷，才有了长在的生命和情感，才有了别样的美丽和魅力。

2013年5月28日细雨中写毕于北京

细雨台儿庄

去台儿庄那天，天下着雨，整个台儿庄笼罩在蒙蒙细雨之中。灰蒙蒙雾一样的雨飘洒着，摇曳得远近的景物都有些变形，台儿庄还像是弥漫在一片未散的硝烟里，似乎战争刚刚结束不久。由于下雨，路面很滑，汽车行驶得很慢，眼前的景色如慢镜头徐徐展开，历史仿佛悄悄向我走近，一下子可触可摸起来。

台儿庄！隔着车窗玻璃，我在心里禁不住轻轻地叫了一声。我觉得我和台儿庄一起都隐隐在疼。在中国的抗战史上，台儿庄是一面旗帜。它让日本强盗为自己的罪行付出了代价，为自己掘开埋葬自己的坟墓。1938年之春，日寇渡过黄河，两个师团前后夹击台儿庄，妄图一举攻克济南，打通津浦铁路线，一口吞下中原。台儿庄，在这里矗立起一道血肉之躯建立起的屏障，阻挡住了侵略者骄横的步伐和无耻之梦。台儿庄，让一万多日本强盗在这里丧生，也让三万多中国将士付出了生命。台儿庄，当我一想起这样的惊心动魄的数字，我就为你肃然起敬。我能够感受得到你的怦怦心跳，你的碧血飞溅，你的呼啸呐喊。"落日照大旗，马鸣风萧萧。"

台儿庄！你被世人称为"中华民族扬威不屈之地"！

在当年尸骨成堆、断壁残垣的旧战场上，如今建起了高大漂亮的纪念馆。青灰色的花岗岩的石阶和两旁血红的鲜花，都沐浴在雨丝中，格外清新干净，灰得那样沉重，红得那样醒目。因为下雨，参观的人不多，四周安静得犹如深山古刹，远处田野里的玉米连接成无边的青纱帐，在如丝似缕的雨雾中摇曳着丰收的韵律，仿佛这里什么也没有发生过，就这样如同旅游胜地一样充满着和平与温馨。

圆屋顶覆盖下的展览大厅，四周是用实体和画笔结合勾勒出的战争图景。按动旋钮，音乐响起时，眼前的图景里突然炮火连天，刀光剑影，逼真成当年台儿庄战役的模样，甚至连当年拼死巷战，尸体横陈，堵死了巷口街头的情景都那样逼真。可除了当年在这里浴血奋战的人和当年壮烈牺牲的人的家属，谁还能够真正清楚眼前这环形立体电影一般的画面，是属于历史，还是属于今天？

其实，在我看来，再逼真，也只是仿造而已。不如留下当年战争中一段台儿庄坍塌的旧城墙、烧毁的老村庄。留下一段断壁残垣，留下一片废墟荒村，更为逼真，更为惊心动魄。我想起那年去日本，在广岛看见日本修建的和平公园，在鲜花盛开簇拥着的公园里，特意保留着当年原子弹爆炸后唯一留下的一座建筑物的残骸，如同恐龙骨架一样，斑驳凋零，突兀着，扭曲着，一派疮痍，让它与四周的花团锦簇做着醒目而残酷的对比，让世人永远忘不掉战争的恐怖。他们把自己修建成一个战争受害者的形象，却遮掩着他们自己曾经就是这场战争的发动者；他们把别人投下的原子弹摆在醒目的面前，却把自己的炸弹埋在地下，在地上栽上缤纷的鲜花。

我想起电影《辛德勒名单》里那些弹着巴赫钢琴曲疯狂残杀犹太人的法西斯，和在广岛看到的鲜花下掩盖着鲜血的对比一样，刺激在我的心头。无论德国法西斯也好，日本法西斯也好，都是一类货色，我们与他们不共戴天。站在台儿庄当年的战场上，心里总觉得我们这里修建得太像公园了。我们流的血比他们多，在日寇残酷的扫荡和血淋淋的刺刀下，无数中华民族的子孙死在那场战争中啊。那么多的地方变成了惨不忍睹的废墟，我们却没有保留一处真实的类如奥斯威辛集中营的战争遗址，也没有保留一处如同广岛那样哪怕只是一点儿战争残骸。

但是，这里毕竟是台儿庄当年的战场，站在这里，虽然多少有些遗憾，看不到废墟，闻不见血腥，听不到枪声……依然让我禁不住想起那些惨无人道的法西斯，他们曾经就在这里燃起罪恶的战火，屠杀我们多少无辜的同胞。枪声炮声就在我的耳边响起，血流成河就在我的脚下流淌，罪恶和腥风苦雨就在我的眼前弥漫。历史，于我们很近，是一件触目惊心的事，会让我们感到可怕；历史，离我们太遥远了，就没有那么可怕了，就会逐渐被有形无形的时间、有意无意的距离稀释、淡忘乃至扭曲。

台儿庄，让我们记住这一点，记住鲜花掩不住志士们的鲜血，也掩盖不住侵略者的罪行。

就是在这片土地上，我们的中国敢死队队员们站成了一排，掷地有声地扔下了发给他们的一块银圆，他们说："我们上去，我们不怕，我们只要在我们死后的地上建一块纪念我们的碑！"他们这样说罢，慷慨冲向侵略者的炮火，义无反顾，全部阵亡。这悲壮的情景吓得侵略者胆战心惊，魂飞魄散，定格在1938年那血染的春天。如今，在他们牺牲的土地上，建起了这座宏伟的纪念馆。细雨还在飘飘洒洒，仿佛是苍天祭祀他们而抛洒下的泪水。我们会忘记他们吗？我们会忘记侵略者吗？我们会忘记战争吗？我们会忘记那一段历史吗？我们会忘记与这样一段悲壮历史交融共存的台儿庄吗？

台儿庄！

1996年国庆节写于呼和浩特

前门看水

前门以前是有水的，不过，那是在明朝的正统年间，约五百七十年前的事情了。这在明史等很多书籍中都是有记载的。清《京师坊巷志稿》里面说："明史河渠志：正统间修城壕，恐雨水多水溢，乃穿正阳桥东南洼下地开壕口以泄之，始有三里河名。"这便是前门最初的水。

去年，前门有水的消息在网上传开，并附有很多水光潋滟的照片，一时趋之者甚众。前两天，我也特意去那里看水，看见很多上了年纪的老街坊，对着水和水边残存的房屋指指点点，顽固地将过去的记忆与现实做对比。在新开辟的水旁，立有好几块牌子，写明水的历史，其中也引用了《明史》和《京师坊巷志稿》中的相关文字。

如今，前门的水，是以前几年新开辟的前门东侧路东边的长巷头条为起点。这里很好找，就在鲜鱼口东口的正对面，水光树影、人头攒动处便是。不明就里的人，面对这样一条横空出世的水流，会以为水本来就是以这里为开端的，也会有较真的人疑惑：这水的水源来自哪里呢？

明《河渠志》明确指出，壕口是开在正阳门东南，为泄洪之用，引护城河的水，从后河沿往东南，过西打磨厂到北孝顺胡同和长巷上头条，才流到如今这块地方。当年之所以选择在那里开凿壕口，是因为那里地势低洼，至西打磨厂处，最为低洼，人们俗称这个地方"鸭子嘴"。水流过鸭子嘴，才会流到长巷上头条，然后流到鲜鱼口处的梯子胡同，大约流经一里地，才到达如今水出现的长巷下头条这个地方。

清楚了这段历史，我们就会明白，为什么如今的水从这里开始——因为，水源头的护城河早已消失，西打磨厂鸭子嘴以西，包括戥子市胡同、北孝顺胡同等处，以东到长巷上头条，一路蜿蜒，十几年前都还健在，虽然无水，但从旧河道便依稀可以遥想当年。尽管破旧不堪，但胡同的肌理，关乎着人文的命脉，可以让有心人触摸到前朝旧影。可惜的是，前几年整修前门大街和开辟前门东侧路时，这些老胡同都已经拆除殆尽。如今，前门的水，变成了一条断头水，无源之水，像是横空出世的水。

原来在这里，也就是长巷下头条胡同口的西边，长春堂老药铺紧挨着由天乐园改名的大众剧场，如今此处已经被马路取代，水便赫然露出了身段，在大马路上就能看见。顺着这条有意蜿蜒的水往前走，会看到长巷头条东西两边大多数院落已经拆空，个别镶嵌在水畔的房屋中，有新修的长春别墅和正在翻修的泾县、丰城和汀州会馆南馆。明朝的旧影、清末民初的院落、如今新铺就的小路和草坪、经过现代化处理的中水，交错在眼前，穿越着几百年的时空，上演着一出混搭的杂剧。

再往前走一点儿，有一扇院门，还可以看到一副老门联："河纳家声远，山阴世泽长。"有意思的是，沧桑的老门联还在，门楣上的门牌却没有了。记得以前这里的门牌号是70号。现在，汀州会馆南馆是62号，丰城、泾县会馆分别是53号、60号，也就是说，53号之前和53号到60号之间的那些老院落，如今都已经没有了。十多年前，在58号院门上还可以看到"经营昭世界，事业震寰球"老门联；在更北边的20号院门上还可以看到"及时雷雨舒龙甲，得意春风快马蹄"老门联。如今，却是"前度刘郎今又来"，"人面不知何处去"，给人一种错位甚至面目皆非的感觉。

这个小小的细节，让我哑然失笑，而以后的人，或许会以为地理的现实存在就是曾经的历史存在呢。改造后的地理，硬朗朗地在那里，日久天长，真的可以修改历史，并且，创造新的历史呢。

如今这条新开辟的水，依照旧名，还叫三里河，沿着长巷下头条的基本走向，有意改变了几道弯，水的两岸新栽种了花草树木，水中间设有小小的汀洲或亭台，并搭建有木桥和石板桥。整体按照园林设计，营造出一种小桥流水、路曲境幽、花木掩映的意境。在长巷下头条南头与芦草园接壤的部分，开辟了一个小小的广场，立有一块很大的影壁背景墙，上面雕有花饰，刻有《京师坊巷志稿》上介绍芦草园的文字。这里明显占了芦草园、青云胡同和得丰巷的部分地盘，却成为如今三里河的中心位置，人们纷纷到这里驻足拍照。

原来，横空出世的水，也可以凭今人的意图而随意尽情流淌。一条泄洪用的实用之水，转眼之间，可以变成现代园林中艺术化的小桥流水。

再往东南一点儿，到前几年新开通的草厂三条宽马路，水就到头了，犹如一段盲肠，来无影，去无踪。或许，这只是重新开掘三里河工程的一部分，历史中的三里河应是再往东南方向流淌。明朝大运河终点码头南移之后，三里河在明成化年间确实是一条很宽的泄洪河，一直流过桥湾、金鱼池，通向左安门外的护城河，然后与大运河相汇合，三里河由此成名。三里河河名在先，而长巷头条地名在后。

过如今的草厂三条新路，再往前一点儿，在桥湾的地方，新建的铁山寺南侧，在1953年修路的时候，曾经挖出汉白玉的三里河桥，后又被原地埋下。据说桥有十三米长、八米宽，连接着北桥湾和鞭子巷。可以想象，那时候的河有多么宽，远非如今小桥流水般纤细。河两岸各有一座庙宇相互呼应，南岸的是明因寺，北岸的是铁山寺，都是明朝时建的古寺，《帝京景物略》和《宸垣识略》对此分别有所记载。如今，三里河在离原来三里河桥老远的地方，就戛然而止了。历史被抻出一个头儿来，就又缩了回去，让人们以为当年的三里河就是眼前这样一小段被整修得笔管条直的园林之水呢。

想想，如今的三里河多占一些芦草园等地方，是有道理的，而且，水还应该再宽、再大才是。最初有三里河的时候，还没有芦草园这些街巷呢；有了芦草园的街巷，三里河早已经干涸了。

在以后的日子里，也许，只有老北京人知道，如今这样园林式的、设计感很强的三里河，漂亮是足够漂亮了，却是我们想象出来的三里河，是我们改造后的三里河，甚至是我们创造出来的三里河，有些像新型社区里的水系设计。说它不符合历史，也不确切，因为历史上的三里河，如今的人，谁也没有见过，即使现在改造得有些"二八月乱穿衣"，但三里河毕竟在历史中存在过，而且大概的位置也是在这里。前来一睹三里河风采的几个老街坊对我说："甭管怎么说，改造了环境，比以前脏乱差的胡同强多了，让人们多了一个流连拍照的去处。"这话说得也没错，但是，这样的水，却是以拆迁了好几条老胡同为代价的呀。如果要建一个公园，可以到别处建，而无须偏偏建在有历史意义的老街区。

世界上任何一座老城，在时代的演进过程中，都需要改造，问题是我们要把北京城，具体到前门地区，改造成以前哪一段历史的哪一种样子。明嘉靖三十二年（1553），北京城修了外城之后，三里河已经没有水了，水波荡漾的三里河，只存在了不足百年。这以后才在干涸的河道上有了长巷头条，有了长巷二条、三条和四条这样顺着三里河旧河道蜿蜒而成的老街巷。前门地区的老街巷，都是在这之后的明清两代逐渐形成的。我们不去好好保护已经存在的这些老街巷，相反却要拆掉这些老街巷，然后凭空想象，修建早已经不存在的一条三里河。这样做值得吗？我真的有些困惑。

十多年前，为写作《蓝调城南》一书，我常往前门一带跑，对这里几乎可以说了如指掌。为了这样的城市改造，我亲眼看见这里如此多的老街巷、老院落被拆毁。前门东西两侧，东侧的原崇文现东城，比西侧的原宣武现西城，魄力要大、手笔要大。仅西起前门、东到崇文门、南至如今的两广路，方圆不大却是历史重要遗存的地区。从前门大街到鲜鱼口和台湾街，再从新世界商业圈到东侧路、草厂三条、新开路、祈年大道，真的可以说是大刀阔斧，这样一块历史老街区已经被大卸八块般切割得有点儿七零八落。

梁思成先生在世时曾经一再告诉我们：北京旧城区是保留着中国古代规制、具有都市规划的完整艺术实物。这个特征在世界上是罕见无比的，需要保护好这一文物环境。他强调这是一片文物环境。我们一边为全世界独一无二的北京城中轴线申遗，一边还在对中轴线两旁大动干戈，大建一批假景观。我们是不是应该重新回顾一下梁思成先生曾经给予我们的那些振聋发聩的建议和思想？如今，这一片历史老街仅存长巷、草厂、南芦草园、薛家湾几片相连，相对完整。我们是不是需要想一想梁思成先生讲过的话，做一种文物环境的整体性的保护和改造，而不是描眉打鬓一般，造几处人为虚拟历史的景点式点缀？

2017 年 4 月初稿
2018 年 4 月改毕